meu planeta,
MINHA CASA

© Editora do Brasil S.A., 2017
Todos os direitos reservados
Texto © Shirley Souza
Ilustrações © Jan Limpens

Este livro foi lançado anteriormente pela editora Escala Educacional, em 2006.

Direção-geral: Vicente Tortamano Avanso
Direção adjunta: Maria Lucia Kerr Cavalcante de Queiroz

Direção editorial: Cibele Mendes Curto Santos
Gerência editorial: Felipe Ramos Poletti
Supervisão de arte, editoração e produção digital: Adelaide Carolina Cerutti
Supervisão de controle de processos editoriais: Marta Dias Portero
Supervisão de direitos autorais: Marilisa Bertolone Mendes
Supervisão de revisão: Dora Helena Feres

Coordenação editorial: Gilsandro Vieira Sales
Assistência editorial: Paulo Fuzinelli
Auxílio editorial: Aline Sá Martins
Coordenação de arte: Maria Aparecida Alves
Produção de arte: Obá Editorial
    Assistência editorial: Patrícia Harumi
    Edição e projeto gráfico: Julia Anastacio
    Editoração eletrônica: Julia Anastacio e Patricia Ishihara
Coordenação de revisão: Otacilio Palareti
Revisão: Sylmara Beletti
Controle de processos editoriais: Bruna Alves

Dados Internacionais de Catalogação na Publicação (CIP)
(Câmara Brasileira do Livro, SP, Brasil)

Souza, Shirleye
    Meu planeta, minha casa / Shirley Souza ; ilustrações de Jan Limpens. – São Paulo : Editora do Brasil, 2017. – (Histórias da geografia)

        Bibliografia
        ISBN 978-85-10-06553-5

    1. Literatura juvenil I. Limpens, Jan. II. Título III. Série.

17-042416   CDD-028.5

Índice para catálogo sistemático:
1. Literatura juvenil 028.5

1ª edição / 7ª impressão, 2024
Impresso na Melting Color

Avenida das Nações Unidas,12901
Torre Oeste, 20º andar
São Paulo, SP – CEP: 04578-910
Fone: +55 11 3226-0211
www.editoradobrasil.com.br

meu planeta,
MINHA CASA

SHIRLEY SOUZA
Ilustrações de **Jan Limpens**

Vida dura de melhor amigo

Sabe aqueles dias em que parece que o mundo vai cair na sua cabeça? Pois é... Estou em um desses dias há um tempão, mano! E a meleca fenomenal é que são meus dois melhores amigos que estão tumultuando minha vidinha sossegada. Sou um cara legal, desses que se dão bem com Deus e com o mundo. Nunca fui chegado a intriga, briga, discussão... Por mim, a gente vive na paz e com uma boa conversa resolve qualquer encrenca.

Acontece que a Blá, minha melhor amiga, não pensa assim. O nome da Blá é Ana Rita... Eu acho... A gente estuda junto desde o 6º ano e sempre chamei a Blá de Blá. Até os professores fazem a chamada assim: "Blá!". E ela responde "Tô aqui!", porque ela nunca falta. Se duvidar, esse é o jeito que o nome dela aparece escrito lá na lista deles: "Blá". Vai saber...

Pois então, a Blá é a menina mais engajada que eu conheço. O problema é que ela é engajada em tudo: movimento estudantil, ciberativismo ecológico, defesa dos animais, jornal da escola, grêmio, passeatas e manifestações sobre tudo quanto é assunto... E ainda consegue ser a melhor aluna da turma. Tanto é que vivo dizendo:

– Blá, ainda vou ser seu assessor quando você for presidente do Brasil ou... ecoterrorista internacional.

Sem exageros, a Blá é assim mesmo: figura radical. E eu gosto dela do jeito que ela é. Só pra você visualizar o cenário: hoje sou o vice-presidente do grêmio aqui do colégio porque ela é a presidente. O problema da nossa relação é que a Blá agita demais e acaba me agitando também.

A outra metade da minha bagunçada vida se deve ao Cadu, meu mano. Nós dois praticamos natação juntos desde que andávamos de fralda por aí. Crescemos grudados e nadando... nadando... Tanto que hoje somos os líderes da equipe de natação aqui da cidade e puxamos a turma sempre pra treinar mais e mais.

O Cadu é o cara, entende? Ele é bonito, compridão, forte, fala pelos cotovelos, é campeão regional de nado livre desde que começou a participar das competições e, de quebra, é inteligente: sempre se destaca nas feiras de ciências com uns projetos malucos demais! Ele é ligado em tudo quanto é tipo de tecnologia. Vive sonhando que nossa vida um dia será como um filme de ficção científica: com geladeira fazendo compra sozinha, robozinho limpando a casa e cozinhando, carro dirigindo no piloto automático em tempo integral, teletransporte... E olha que muito do que o maluco vive falando já está acontecendo, né?

Bem, o Cadu é um sujeito popular, mas tem uma meia dúzia que vive dizendo que ele é esnobe, metido a besta, convencido demais e coisas do tipo. A Blá faz parte dessa meia dúzia...

Acho que já deu pra sentir que não é muito fácil ser o melhor amigo dessas duas figuras. Esse é um desafio para o SUPER-JUBA!!! Só que o Super-Juba aqui está detonado e não anda com saco de ficar no meio desse fogo cruzado, separando briga desses dois que deram pra se atacar de umas semanas pra cá. Estou a ponto de surtar com os dois malucos. Tá difícil...

CARTA-MANIFESTO nº 75
O PERIGO QUE NINGUÉM QUER VER!!!

Caros alunos, professores e demais membros de nossa comunidade escolar

Enquanto a população de nossa cidade se aliena e busca construir uma imagem romântica e idealizada de nossa atual situação, vivemos um momento de perigo que ameaça o bem-estar de todos. Em apenas três anos, a instalação da **fábrica de cosméticos Cheiro de Mel** trouxe inúmeros problemas ao nosso cotidiano e nada fizemos para combatê-los ou evitá-los.

O ar está poluído! O Rio Amarelo está poluído! Até quando iremos ficar parados???

Faço um apelo a todos vocês: vamos nos unir, nos mobilizar para defender a cidade em que vivemos! Vamos promover um desenvolvimento sustentável! Vamos nos organizar em um grupo ecológico de resistência! É chegado o momento de dar um basta nesse desenvolvimento predatório que alguns ainda chamam de progresso.

Blá, 9º A, presidente do Grêmio.

Entrem em contato e juntem-se ao GRMPMC (Grupo de Resistência Meu Planeta, Minha Casa)

Estou indignado!

Quando vi essa carta colada no mural do pátio eu não acreditei. Pensei comigo: "Cadu, essa mina tá ma-lu-ca!!! Alguém precisa internar!!!". Aí fui pra sala e vi que tinha cópia dessa porcaria no mural do saguão da entrada, no mural do 2º andar e no mural da minha sala. Estava na cara que a louca da Blá tinha espalhado essas coisas pela escola inteira. Como ela teve coragem de divulgar esse lixo?

Precisava falar com o Juba pra ver se ele dava um jeito definitivo de controlar a Blá... Afinal ele é vice-presidente do Grêmio, ou não é? Esse cargo deve servir pra alguma coisa, não é possível! Eu votei na chapa dele por ele, e não pela pirada da Blá. Como amigo e eleitor, decidi fazer algo.

Deu o sinal e o Juba chegou com a Blá na sala. Os dois cheios de sorrisos. Ele carregando uns papéis e ela, uma caixa de tachinhas. Não dava pra acreditar que o meu mano – tá ligado? –, o Juba, meu parceiro-brother-camarada, estava ajudando a bitolada da Blá a espalhar aqueles papéis pela escola! Decidi tirar satisfação antes que o professor aparecesse:

– Juba, preciso falar com você e é agora, antes que o Caio entre na sala!

– Bom dia pra você também, Carlos Eduardo... – essa foi a Blá, me olhando de nariz arrebitado. Nem respondi e saí arrastando o Juba e deixando a doida bufando.

– Mano, que estresse logo de manhã!

– Relaxa, Cadu, senão você tem um treco antes de completar 15 anos! Olha que dá um negócio nesse seu coração e você nem consegue estrear no campeonato juvenil de natação...

– Juba, eu não estou pra brincadeira. Tá ligado no que você fez?

– Eu? Fiz o quê?

– Você está ajudando essa menina a colocar o povo do colégio contra o pessoal da fábrica Cheiro de Mel!

– Como assim?

– Você não saiu por aí colando esses cartazes na escola? Você leu o que essa carta-manifesto fala?

– Não vi nada demais, a Blá está apenas tentando mostrar que a Cheiro de Mel faz algumas coisas que não são boas e precisamos ficar espertos!

– Com certeza VOCÊ precisa ficar esperto, Juba! Como foi se meter num movimento desses, cara?

– Eu sou o vice-presidente do Grêmio, preciso ajudar a Blá em nossas ações.

– É... Só pode ser... Não tem outra explicação! Sempre achei que seus cabelos vermelhos eram um sinal de que seu cérebro estava frito! Juba, a Cheiro de Mel é patrocinadora da nossa equipe de natação no campeonato estadual! Maluco, você está a fins de melar o patrocínio que estamos batalhando há tanto tempo?

– Pô, Cadu. Sabe que eu nem pensei nisso?

Pensamentos rodam em minha cabeça

Ainda bem que o Juba me ajudou a imprimir cópias da minha nova carta-manifesto e a pregá-las nos murais da escola. A impressora do Grêmio está quebrada há um tempão e eu não tenho impressora em casa. Ele é amigo de verdade, está sempre do lado para ajudar no que for preciso...

O resto da chapa do Grêmio só quer saber de promover campeonato de vôlei e de futebol. Mais nada... O Juba é diferente. Ele dá a maior força em todos os projetos legais que eu invento.

Escrever essa carta foi muito difícil pra mim e, se não fosse o apoio do Juba, acho que tinha desistido. Desde o 6º ano eu faço essas cartas pra tentar acordar o pessoal aqui da escola, tirar todo esse povo da inércia, cutucar mesmo. Já falei de tudo quanto é assunto: qualidade da merenda, pichação dos muros da escola, lixo jogado no chão das salas de aula, excesso de aula vaga...

Algumas vezes consegui mobilizar a galera, outras arranquei umas risadas de quem achava absurda minha posição. Por mim, tudo bem. Sei que todo gênio é incompreendido!

Agora, no caso da Cheiro de Mel, a encrenca é maior. Meu pai trabalha lá há um ano. Ele é gerente de compras. Iniciar um movimento contra essa fábrica de cosméticos é o mesmo que ameaçar o emprego de meu pai com uma bomba, entende? O problema é que, pelo mesmo motivo, o fato de meu pai trabalhar lá, eu fico sabendo de umas barbaridades tão terríveis que a consciência pesa. É muito absurdo uma empresa grande como essa não se preocupar em ser sustentável! Ainda mais nos dias de hoje... Será que não pensaram no que estavam fazendo ao se instalar tão perto do Rio Amarelo?

O que adianta eu participar de abaixo-assinados, manifestos e outras coisas na internet, defendendo o mundo longe de mim, se não faço nada para defender o lugar em que vivo, minha casa, minha cidade?

O Juba é meu confidente e sabe de todas as minhas neuras. Quando contei o que sei sobre a Cheiro de Mel, ele também achou que eu deveria ser coerente: se sou mesmo uma defensora da natureza e do meu planeta, preciso fazer alguma coisa. Agora já foi. Veremos no que vai dar...

Preciso de um plano de ação

Pra falar a verdade, acho que o Juba não tinha mesmo se ligado no que estava fazendo. O cara é um sujeito bacana, amigo fiel, mas é um **cabeça-oca!**

Se depender dele, tudo é possível: quer derrubar a parede? Claro, eu ajudo! Quer erguer a parede de novo? Tudo bem, vamos lá!

Acho esse jeito de ser meio sem sentido. Ele tenta ajudar todo mundo, mas nem sempre é possível, não é mesmo? Há momentos na vida em que precisamos ser menos ingênuos e mais críticos. Foi isso o que falei pra ele!

Afinal a Cheiro de Mel foi tudo de bom pra nossa cidade. Ela trouxe progresso de um jeito rápido e eficiente. Foi por causa dela que um monte de rua esburacada foi asfaltada, que o comércio cresceu, que a iluminação pública chegou até o bairro mais distante... Só essa doida da Blá vê o mundo de um jeito distorcido. Tentei mostrar que ela implica com tudo e que o problema não está na fábrica, mas na cabeça dela.

O Juba ficou quieto, não sei o que ele estava pensando. Ele nunca entra num conflito direto e isso é um saco!

Pelo menos discutindo a gente sabe a opinião dos outros. O Juba é um bom ouvinte e só fala em duas situações: quando tem certeza de sua opinião, o que é raro; ou quando está fazendo zoação, o que é sempre!

Por isso muita gente acha que ele não é um sujeito sério. Só que não é bem assim. Eu sei que a Blá valoriza demais o que ele pensa, logo é importante eu conquistar a cabeça dele...

1 + 1 = tudo

Percebe?

Trazendo o Juba pro meu lado, ele seria capaz de, pelo menos, neutralizar a Blá. Nunca fui com o jeito dessa menina. Ela sempre se meteu em tudo, sempre tentou agitar a escola com suas ideias viajantes... Algumas vezes até conseguiu, mas na maioria das situações virou motivo de gozação. Baixinha invocada!

Mas, até agora, nenhuma das manifestações dela atingiu ninguém de forma negativa. Será que ela não enxerga que começar um agito desse pode prejudicar meio mundo?

A começar por mim e minha equipe de natação!

Todo ano é uma batalha pra conseguir patrocínio. Precisamos juntar uma merreca aqui, outra ali, de um monte de comerciantes da cidade pra conseguir pagar transporte, hospedagem, comida, tudo. Este ano foi diferente. O Albuquerque, diretor de Marketing da Cheiro de Mel, procurou nosso técnico e ofereceu um patrocínio incrível pra nossa equipe!

Sabe sonho que vira realidade? Pois é... Virou. E agora vem essa Blá tentando agitar a escola contra a fábrica? **O que essa menina tem na cabeça?**

OPS!

Percebi alguns furos na minha carta-manifesto.
Recebi cinco mensagens durante as aulas perguntando o que de ruim a Cheiro de Mel **realmente** fez para nosso ar e nosso Rio Amarelo. Sete mensagens perguntando o que é desenvolvimento sustentável. ☹ E uma mandando eu procurar algo mais útil para fazer e parar de escrever esses manifestos idiotas... Mas isso vou desconsiderar.

Pois é... Escrevi a carta e não fui muito precisa nas informações. Também não apontei nenhum problema objetivo que essa fábrica está causando. Só acusei de um jeito genérico. Eu sei e todo mundo sabe que os problemas são de conhecimento comum... Mas eu também sei que todos fazem de conta que não sabem de nada...

Eu discuti isso com o Torpedo, um amigo que conheci na internet. Ele é ciberativista ecológico como eu, sempre assina os abaixo-assinados que eu passo para ele para defender a natureza e também sonha em ser um ecoterrorista, viajar o mundo e lutar contra a destruição de nosso planeta com manifestos radicais... Tipo se pendurar no Cristo Redentor, soltar cobaias de laboratórios, se amarrar em árvores ameaçadas de serem derrubadas... Coisas assim, cheias de adrenalina.

Voltando ao assunto: eu discuti essa situação com o Torpedo e ele acha que o melhor é escancarar a verdade na frente das pessoas, porque aí fica muito mais difícil fazer cara de paisagem e soltar um "Não tô entendendo...".

Hoje eu tentei conversar com meu pai sobre o que fiz, mas não rolou. Ele veio com um discurso de que a Cheiro de Mel está ajudando muito nossa cidade e que o progresso traz males necessários.

Estou preparando uns cartazes no computador aqui do Grêmio e vou pedir para o Juba me ajudar a imprimir de novo, a montar tudo e a pregar nos murais amanhã de manhã...

O Torpedo tem razão, ele sempre diz que "É preciso endurecer sem perder a ternura". Se bem que acho que essa frase não é realmente dele... Eu já vi isso estampado em alguma camiseta. Bom, o que eu sei é que vou pegar essa galera pela emoção!

VOCÊ SABIA QUE A CHEIRO DE MEL

Cutucou, levou!

Pô, na escola ficou o maior zum-zum-zum com os cartazes que a Blá espalhou nos murais. Não estava assinado, mas só podia ter sido ela. **Quem mais ia se meter a besta desse jeito?**

E não demorou muito para que ela entrasse na classe carregando a caixa de tachinhas com o Juba de fiel escudeiro trazendo dois cartazes debaixo do braço... Por que será que eu não fiquei surpreso?

Decidi adotar outra estratégia. Fiquei quietinho a aula toda. Só peguei o Juba pra conversar depois do treino de natação. Estávamos cansados como sempre e loucos para comer um brigadeiro da lanchonete da dona Maria. Fomos pra lá e, no meio do brigadeiro, eu ataquei:

– E aí, Juba... Decidiu mesmo apoiar a revolução da maluca da Blá?

– Que revolução?

– Se ela continuar cutucando, esse negócio vai pegar fogo! Acho bom você decidir de uma vez de que lado está.

Pausa para o Juba se manifestar

E eu acho que está na hora de começar a colocar ordem nessa bagunça. Eu avisei que a situação era crítica, não?

Entendo perfeitamente a posição da Blá e penso que ela tem razão... Uma empresa que vende a ideia de respeito à natureza, de produtos naturais, precisa respeitar a natureza de verdade.

Acontece que eu também entendo o lado do Cadu... E acho que ele tem razão... A Cheiro de Mel está ajudando pra caramba nossa equipe e não podemos perder o patrocínio. Se a campanha da Blá ganhar força, nós vamos rodar, porque mais da metade da equipe de natação é aqui do colégio. E nenhuma empresa vai ser louca de patrocinar um pessoal que está lutando contra ela, não é?

O que eu mais queria era poder concordar com os dois nessa briga. Não é questão de ficar em cima do muro... É ajudar os dois lados, mas isso está ficando impossível.

No fundo eu não sei se essa questão tem lados... Parece que é tudo uma coisa só. Tipo um afeta o outro, entende? É... Está complicado.

Por que não penso no que falo?

Os cartazes deram muito mais resultado que minha car-ta-manifesto! Realmente **a voz da emoção é poderosa** e eu fui bem esperta em começar o ataque pelos animais indefesos que a Cheiro de Mel usa como cobaias. Tem muitos outros pontos por onde essa fabriquinha pode ser atacada, mas esse é um dos mais delicados.

Na hora do intervalo, falei com mais de 30 alunos de diversas turmas. Todos vieram atrás de mim querendo saber como é essa história, que espécies de animais a Cheiro de Mel usa, se eles sofrem, se é mesmo supernecessário usar os animais. Marquei para conversarmos depois, dei umas respostas meio gerais, mas na verdade eu percebi que não estou sabendo tudo o que preciso para levar isso adiante... Vou pesquisar mais antes de sair acusando a Cheiro de Mel. Hoje mesmo preciso levantar todas essas informações. Vou pedir ajuda para o Torpedo... E tenho que conversar com o Juba também.

Cadu também é criatividade...

Pensei, pensei e cheguei a uma conclusão meio extrema: só tem um jeito de combater a Blá...Vou precisar destruir a campanha dessa menina.

Sabe, não é só a questão do patrocínio. Isso é importante sim, mas a Cheiro de Mel fez muito por toda nossa cidade. A vida por aqui melhorou demais depois que ela se instalou. Não dá nem pra comparar. E não acho justo uma garota metida a ativista ecológica começar a colocar minhocas na cabeça da galera aqui da escola. Vai saber aonde isso vai dar?

O que ficou claro pra mim é que preciso reunir argumentos e **criar uma contracampanha que defenda a Cheiro de Mel**. Vou pedir para o Juba me ajudar. Afinal, ele tem prática nisso, já que vive apoiando a Blá nas campanhas dela. Fui!

Será que estou sozinha nessa?

Eu não fazia a mínima ideia de quem tinha colocado esse cartaz nos murais bem ao lado dos que eu coloquei...

Com certeza era obra de alguém sem nenhuma consciência ecológica: só de pensar na quantidade de tinta que usou para imprimir cada cartaz...

Primeiro pensei que podia ser a professora de História, a Miriam... O marido e o filho dela estão trabalhando na Cheiro de Mel depois de passarem um bom tempo desempregados.

Ela tinha cruzado comigo no corredor e me olhado meio torto desde a carta-manifesto.

Na sala estava o maior zum-zum-zum, com todo mundo discutindo o meu cartaz e aquele outro que apareceu ali do lado... Eu buscava decifrar o mistério quando *entrou o Carlos-Eduardo-Metido-Cadu todo falante acompanhado pelo Juba*, que carregava a caixa de tachinhas e algumas cópias desses cartazes antiecológicos.

Tratante! Traidor!!! O Juba passou a tarde de ontem me ajudando a pesquisar informações na internet e hoje apoia o desmiolado do tal Carlos Eduardo a colocar um cartaz como esse??? Não suportei:

– Juba, posso falar com você um instantinho?

– Bom dia, Blá... – disse o metido do Carlos Eduardo com um sorrisinho idiota na cara.

– Bom dia, Carlos Eduardo – respondi, porque eu sou bem-educada. – E aí, Juba? Posso saber o que você está fazendo com esses cartazes?

– Ajudando o Cadu, Blá. A gente acabou de colocá-los em todos os murais.

– Não estou entendendo, Juba. Do lado de quem você está, afinal?

– Você também, Blá? Eu acho que tudo o que você fala é certo. Tudo o que o Cadu fala também é certo. Por enquanto eu estou neutro nessa partida, entende? Estou ajudando os dois lados e ainda não decidi se existe um só lado certo e outro errado nisso tudo.

– PÔ, JUBA! PENSEI QUE...

– NÃO GRITA ASSIM COM ELE NÃO, SUA LOUCA!

– LOUCA É TUA VÓ, SEU PAVÃO DE PEITO ESTUFADO!

– Blá... Cadu... Será que não dá pra gente conversar?

– NÃO! NÃO DÁ PRA GENTE CONVERSAR COM UMA MULA!

– VOCÊ QUE NÃO TEM CÉREBRO, MOLEQUE, E EU QUE SOU A MULA?

É... Foi uma gritaria, baixaria mesmo...

A turma já estava cercando a gente e começando a torcer, uns passaram a gritar "Pega! Pega!" e foi aí que o Nílson, nosso professor de Geografia, entrou na sala e separou um pra cada lado. Ele ficou uma fera, dizendo que já estava mais do que na hora de aprendermos a conversar. Falou também que andava acompanhando os acontecimentos, que leu a carta-manifesto da Blá e os nossos cartazes. Aí soltou a bomba:

– Acho muito interessante discutirmos essas questões aqui na escola. Afinal, precisamos entender a nossa realidade e participar dela. Tanto a atitude da Blá quanto a do Cadu são exemplos de exercício da cidadania, exceto pela briga vergonhosa de agora há pouco. E já deu para perceber que essa discussão está mexendo com a escola inteira.

Senti um certo orgulho de ouvir que minhas ideias estavam **agitando a galera**, é verdade... Mas a minha encrenca era com a Blá. Esse negócio de escola inteira era muita responsabilidade...

– Brigas, como essa que tiveram, acabam com a moral de vocês. Se estão mexendo em temas tão sérios, é preciso se comportar com seriedade. Debater, sim. Brigar, não. Acho que a melhor solução é marcarmos um debate para a próxima semana, certo? No auditório da escola. Eu converso com o diretor. Vocês divulgam o evento. Blá e Cadu terão a chance de expor suas ideias claramente, sem brigas. Pode ser assim?

– Por mim, ótima ideia, prô – saiu na frente a Blá.

– Por mim, tudo bem também.

Para quem pensou que essa seria uma trégua... Vai ficar surpreso em saber que a guerra só piorou!

Descubra tudo o que a **Cheiro de Mel** fez por nossa cidade e venha defender o nosso **desenvolvimento**.

DIGA NÃO
AO ATRASO DE VIDA!

QUANDO:
Próxima quarta, às 15 horas.

ONDE:
No auditório da escola.

DESTRUIÇÃO
NÃO É PROGRESSO

Vamos **defender** um desenvolvimento consciente, que **proteja a natureza.**

Participe de nosso **debate!!!**

QUANDO: Próxima quarta, às 15 horas.

ONDE: No auditório da escola.

QUEM: Blá (presidente do Grêmio) x Carlos Eduardo.

EMPREGO E DESENVOLVIMENTO

Nossa cidade só descobriu isso com a **Cheiro de Mel** e **não vamos mais parar!**

VAMOS???
Participe do debate!

QUANDO: Próxima quarta, às 15 horas.

ONDE: No auditório da escola.

QUEM?: CADU (tricampeão regional de natação) X Blá.

MAIS DE 100 MILHÕES POR ANO

Esse é o número de animais usados como cobaias em todo o mundo.

A Cheiro de Mel faz parte dessa estatística.

Participe de nosso **debate**!!!

QUANDO: Próxima quarta, às 15 horas.

ONDE: No auditório da escola.

QUEM: **Blá (presidente do Grêmio e líder fundadora do GRMPMC)** x Carlos Eduardo.

ILUMINAÇÃO PÚBLICA,

INCENTIVO AO COMÉRCIO LOCAL,

PAVIMENTAÇÃO DAS RUAS...

Tudo isso melhorou nos últimos anos com **a chegada da Cheiro de Mel em nossa cidade.**

Participe do debate!

QUANDO: AMANHÃ, quarta-feira, às 15 horas.

ONDE: No auditório da escola.

ESTRELANDO: **CADU**
(tricampeão regional de natação).

VOCÊ REPAROU QUE O RIO AMARELO ESTÁ REALMENTE AMARELO???

SAIBA QUAL É A PARTICIPAÇÃO DA **CHEIRO DE MEL** NESSE FEITO.

Participe de nosso **debate**!!!

QUANDO: Próxima quarta, às 15 horas.
ONDE: No auditório da escola.
QUEM: **Blá (presidente do Grêmio, líder fundadora do GRMPMC e ciberativista ecológica)** x Carlos Eduardo.

Como isso cansa!

Estou exausta. De verdade. Além de divulgar o debate lá na escola, de fazer toda a pesquisa, me preparar... Precisei enfrentar meu pai num longo debate aqui em casa...

Ele viu a cópia dos cartazes no meu quarto e quis saber o que estava acontecendo. Não teve jeito. Contei a história toda e ele ficou apavorado:

– ANA RITA, VOCÊ PERDEU O JUÍZO???

– Calma, pai, é só um debate na escola.

– COMO SÓ UM DEBATE, MINHA FILHA? VOCÊ ESTÁ LIDERANDO UM MOVIMENTO QUE PODE GANHAR FORÇA E SE ESPALHAR PELA CIDADE!

– Será? Você acha mesmo, pai?

– E NÃO É PRA SE ORGULHAR DISSO! Filha, vem cá. Desde que o pai conseguiu um emprego aqui na Cheiro de Mel tudo ficou tão mais fácil pra nós... Antes eu precisava viajar todo dia. A gente quase não se via...

– A gente continua quase não se vendo, pai. Você está sempre na fábrica.

– Eu tenho um cargo de confiança, filha. Preciso me dedicar.

– Eles sugam sua alma, pai! Você trabalha 10, 12 horas por dia. Tem muito fim de semana que precisa estar lá. Traz trabalho pra casa. Não ganha um centavo a mais de hora extra... Que empresa é essa que não se preocupa com o bem-estar dos funcionários, pai? Que só quer tirar o máximo deles?

– Blá, pelo menos eu estou por perto. Somos só nós dois, filha. Antes eu passava o dia longe e a gente se falava só por telefone, quando dava. Agora estou aqui do lado... Precisou, andou duas quadras, chamou o papai e estamos juntos.

– Não é bem assim, né, pai? E você sabe disso.

– VOCÊ NÃO PERCEBE A MELHORA QUE A CHEIRO DE MEL TROUXE PARA A NOSSA VIDA, MENINA?

– Você percebe, pai, de verdade? Juro que não vejo melhora alguma... A gente se orgulhava tanto de morar aqui, fora do centro, em ter a rua de terra, em conseguir ver as estrelas no escuro da noite, em ter o Rio Amarelo aqui do lado de casa...

– A gente continua tendo tudo isso, Blá.

– Claro que não, pai. A rua tá aí asfaltada, encheu de comércio em volta, fica a maior barulheira e um monte de luz acesa a noite inteira... Nem dá mais pra ver as estrelas, pai. E o Amarelo? O rio tá mudando de cor... O seu Raimundo disse que os peixes diminuíram, sabia?

– O seu Raimundo tem lá como contar quantos peixes tem no Amarelo?

– Pai, o seu Raimundo pesca no rio há mais de 30 anos. Ele deve saber se algo está mudando.

– Filha, a Cheiro de Mel significa muito na vida de muita gente por aqui. Você está mexendo num vespeiro.

– Pra mim, está todo mundo trocando a qualidade de vida que a gente tinha antes pela ilusão de um padrão de vida melhor. Comprar uma TV nova, um computador, um carro, ter a rua asfaltada... Será que isso melhora mesmo nossa vida?

– Blá, você está falando bonito, mas no fundo está sendo radical. Sei o quanto você é madura. Respeito você. Amo você. Mas, filha, não pense só em você.

– Eu não quero que a Cheiro de Mel feche, pai. Eu quero que eles sejam mais coerentes, mais responsáveis e é isso o que vou defender nesse debate.

Meu pai me abraçou, mas senti que ele não se convenceu. **Doeu discutir com ele**. Desde que minha mãe morreu, há quatro anos, ele é tudo o que eu tenho. Por nada nesse mundo quero magoá-lo ou prejudicá-lo. Só não acho justo as pessoas terem suas vidas transformadas e acharem que é bom o que é ruim... Mas também estou na maior dúvida se eu tenho o direito de dizer o que é bom pra todo mundo. Será que eles estão certos e eu, errada?

Cadu, o poderoso!!!

Estou com tudo pronto pra esse debate:
   ✓ apresentação para projetar com o Datashow;
   ✓ torcida organizada e uniformizada (consegui camisetas e bonés da Cheiro de Mel conversando com o Albuquerque sobre o debate);
   ✓ participantes treinados e com perguntas inteligentes;
   ✓ grito de guerra impresso e pronto pra ser distribuído na entrada do auditório.

Ufa!... Acho que é isso. Que trabalheira! O Juba disse que o pessoal está preparando umas faixas com as frases dos meus cartazes, acredita? Apoio popular! Isso que é ser líder. A Blá está no papo e vai ser massacrada amanhã à tarde...

Falar com o Albuquerque foi a melhor jogada que fiz. Ele é muito legal, adorou saber o que estava acontecendo aqui na escola. Disse que vai estar presente no debate e ofereceu o que fosse preciso para me ajudar. Vai trazer o equipamento de Datashow da empresa, acredita? Aí vou poder projetar minha apresentação na tela, que ele também trará.

Até efeitos especiais coloquei na apresentação. Uns movimentos entre um *slide* e outro. *Show*! De arrepiar. O pessoal aqui da escola nunca usou nada assim nos debates nem nos trabalhos... Nem eu tinha usado. Foi o assistente do Albuquerque que me mostrou como montar a apresentação e ainda passou um monte de informação para eu usar. Nem pesquisa tive de fazer!!! Quer mais?

Em casa, meus pais estão orgulhosos do que estou fazendo. Minha mãe disse que eu sou um patriota defendendo os interesses da nossa cidade. Meu pai falou que sou um líder nato e ainda serei prefeito. Tudo pode ser, não é mesmo?

No início fiquei apavorado... Vi que a coisa estava crescendo e achei que devia pular fora e deixar a maluca da Blá falar sozinha. Também pensei que estava perdendo muito tempo com isso e poderia estar jogando ou nadando... Agora estou achando ótimo que cresceu mesmo e até me divertindo. E mais: já me sinto o vencedor!

Bando de traíras...
Isso sim!

Ninguém está com vontade de prestar atenção nas aulas agora de manhã. A escola toda está agitada com o debate.

O tempo fechou quando notei um povo chegando com umas faixas enormes aqui na sala e na turma do 8º ano. Perguntei para o Juba se ele sabia do que se tratava e quase caí de costas quando ele respondeu:

– Ah... É a torcida organizada do Cadu...

– TORCIDA ORGANIZADA? NUM DEBATE?

– É... Ele achou que deixaria as coisas mais emocionantes.

– Isso não é uma disputa de natação ou um jogo de futebol, caramba! Eu pensei que seria um debate de ideias, mas vai virar um campeonato... Por que você não me contou isso antes, Juba?

– Neutro. Lembra?

– Como você aguenta? O Carlos Eduardo não tem nada na cabeça. Só água! Só pensa em nadar, ganhar medalha, navegar na internet... SÓ ÁGUA!!!

– Você está sendo preconceituosa, Blá. Também curto tudo isso.

– Mas eu acho que você é diferente. Pelo menos sempre ajuda quando precisamos tratar de um assunto sério.

– Ajudo mesmo. Mas o Cadu é meu amigo, como você é minha amiga. Gosto de vocês dois.

E ele me ajudou mesmo. Sem dizer nada, o Juba fez umas trezentas etiquetas verdes pra galera colar no braço, com a frase "Destruição não é progresso!". Deu uma piscadela para mim e falou:

– Eu não deixaria você na mão, né? Vou distribuir para a galera na entrada do auditório. O Cadu tem um batalhão pra ajudá-lo. E olha, Blá, também preparei uma apresentação pra você... O Cadu vai usar isso.

Fiquei de boca aberta. Olhei o arquivo e vi o que o Juba fez a partir do material que pesquisamos... Pulei no pescoço dele, abracei apertado e comecei a chorar. Sei lá por quê. Só sei que meu coração estava apertadinho, apertadinho...

Momento de tensão

A manhã passou num bloco só. Quando vi, já estava quase no horário do debate. Nesses últimos dias, fiquei um bom tempo preocupado, pensando se deveria fazer o material para a Blá... Acontece que, além de mim, ela não teve a ajuda de ninguém. O Cadu, por outro lado, graças ao apoio do tal Albuquerque, estava com um *show* preparadíssimo.

Prometi ser neutro, mas achei muita diferença nessa balança e decidi meter o dedo. Sei que não dá nem pra comparar o que eu fiz com o que o Cadu conseguiu na Cheiro de Mel... Mas pelo menos a Blá não entra lá tão despreparada, né? Pelo jeito estou tomando um lado nessa questão mesmo sem querer... Ou perceber...

O Nílson será o mediador. Boto fé nesse professor. Ele põe ordem na casa.

Vamos ver no que dá.

Nílson: Boa tarde, alunos, professores, senhor diretor, senhor Albuquerque... Sejam todos bem-vindos! Para quem não me conhece, eu sou o professor Nílson e estarei aqui esta tarde como mediador do debate entre os alunos

Carlos Eduardo, o Cadu, e Ana Rita, a Blá, ambos do 9º ano A.

GERAL: Cadu! CADU! CADU!!!

Nílson: Vou pedir silêncio a todos e, se não tivermos a colaboração de vocês, serei obrigado a esvaziar o auditório e filmar o debate, para que assistam depois.

Momento tenso... Mas aos poucos a galera calou a boca.

Nílson: É de conhecimento de todos aqui presentes que, por iniciativa própria, esses alunos começaram um construtivo processo de reflexão sobre o papel que a Cheiro de Mel desempenha em nossa cidade e as mudanças que aconteceram por aqui nesses três últimos anos, desde a instalação da indústria de cosméticos. Estamos reunidos para ouvir as informações e os pontos de vista que agitaram a escola nas semanas que passaram e peço a todos que o respeito seja a regra número 1 do evento de hoje.

O professor acabou de falar e a galera do Cadu recomeçou: "Ca-du! Ca-du! Ca-du! Ca-du!". Aí, um deles puxou e uma galera foi atrás: "A gente quer: pro-gres-so! A gente quer: su-ces-so! A gente quer: fu-tu-ro! A gente quer: o-mun-do!".

Não entendi bem o porquê... Mas quando olhei para a Blá, ela estava sorrindo e, lá pela terceira vez que o grito de guerra era repetido, ela já gritava junto com a galera. O Nílson ficou de pé, pediu silêncio de novo, bravo, e começou:

Nílson: Cadu, em seus cartazes você expôs muitas de suas ideias. Que tal começar por eles?

Cadu: Perfeito, professor. Tinha pensado nesse caminho mesmo.

Os cartazes começaram a ser projetados no telão e a Blá não pareceu se abalar. O Cadu continuou:

Cadu: O que eu quero é mostrar o quanto a Cheiro de Mel é importante para o desenvolvimento de nossa cidade. O primeiro cartaz que fiz trazia o número de empregos criados pela fábrica. Esse número não para de crescer. A Cheiro de Mel também ajudou o comércio local, como eu falo nesse outro cartaz aqui. Vários pontos comerciais nasceram por causa da fábrica em um bairro que era longe e desvalorizado. Antes ninguém montaria uma lanchonete ou um bar lá perto do Amarelo... Temos muito mais estrutura agora para desenvolver o turismo da região, por exemplo. A economia de nosso município cresceu um monte! Deixe eu ver aqui... Olha, cresceu 45% em três anos! Isso é MUITO... E, conversando com o diretor de Marketing da empresa, ele me informou que eles querem crescer ainda mais com a nova linha de produtos da Amazônia, que vão lançar em breve.

Nilson: Blá, parece que você discorda...

Blá: Mais ou menos. Antes de tudo, gostaria de cumprimentar a galera pelo inteligente grito de guerra.

Foi uma gritaria danada!

Blá: "A gente quer: progresso! A gente quer: sucesso! A gente quer: futuro! A gente quer: o mundo". Eu também quero tudo isso. Concordo com o Carlos Eduardo quando ele diz que a Cheiro de Mel fez a economia de nossa cidade crescer, gerou empregos... Trouxe progresso. O que eu fiz nas últimas semanas foi pedir pra todo mundo pensar em que tipo de progresso é esse... Será que algum turista vai se interessar em vir para nossa cidade e conhecer um rio poluído? Precisamos de estrutura, sim. Mas estrutura não é tudo! O Carlos Eduardo acabou de falar da nova linha de produtos da Amazônia que fará nossa cidade crescer ainda mais. Não é isso? Carlos Eduardo, você sabe que toda a matéria-prima, todos os frutos da Amazônia comprados pela Cheiro de Mel não têm certificado de extrativismo sustentável?

O Cadu fez uma cara de ponto de interrogação. Acho que ele não sabia nem o que era extrativismo sustentável... A Blá parece que percebeu e foi explicando:

Blá: Isso quer dizer que essa matéria-prima pode ter sido extraída de forma predatória e até ilegal, prejudicando a Floresta Amazônica e...

Garoto do 8º ano: E o que isso tem a ver com a gente?

Blá: Tem a ver que o meio ambiente, do qual a gente tanto ouve falar, é um todo. Não existe o ambiente daqui e o lá da floresta. Destruindo a Floresta Amazônica estamos prejudicando o clima de nosso planeta, alterando nosso sistema de chuvas, agredindo nossas reservas de água, matando nossas plantas, nossos animais, atacando tudo o que é vivo... Ao agir de forma predatória em uma região, o mundo todo é prejudicado. Imaginem o que será do mundo sem uma floresta como a Amazônica? Quantas espécies deixarão de existir? E o tamanho do impacto no aquecimento global? Quantas vezes já discutimos isso na aula de Ciências e na de Geografia? Os professores sempre falam da importância de pensar globalmente e agir localmente... É bem isso! A gente pode ter progresso desse jeito, mas será que a gente vai ter futuro? O que o desenvolvimento sustentável propõe é exatamente isso: que o progresso, o consumo, as nossas ações de hoje não comprometam a vida das próximas gerações. Pensem comigo: uma empresa que promete "Um banho de natureza", que diz que vai desenvolver uma linha ecológica precisa se preocupar com a preservação dessa natureza aqui e lá, não acham? Não dá pra ir comprando uma matéria-prima sem certificação de origem, sem garantia de que foi extraída sem prejudicar a floresta, não é mesmo? Sem falar na poluição do ar e do Rio Amarelo que a Cheiro de Mel vem causando...

Cadu: Dá licença, Blá?

Blá: Pois não...

Cadu: Essa fala sua me fez pensar nos cartazes em que defendo o fato de a Cheiro de Mel ter trazido progresso, desenvolvimento para nossa cidade. Gente, é impossível ter tudo. Fala sério! A nossa professora de História já falou um monte de vezes que sempre se sacrificou algo para se obter outra coisa e só assim evoluímos... É claro que a instalação de uma empresa numa cidade como a nossa provoca impactos ambientais – como a Blá disse, a gente já viu na aula de Ciências – e isso não é nenhuma novidade. A empresa gera mais esgoto, às vezes substâncias tóxicas, precisa de estradas melhores para transporte de matéria-prima e de seus produtos... Tudo isso é normal! Não dá pra querer que a instalação de uma empresa do tamanho da Cheiro de Mel não cause nenhum impacto ambiental, né, Blá?

Blá: Mas também não dá pra aceitar a destruição do lugar em que a gente vive, né, Carlos Eduardo?

Cadu: Não é bem assim, Blá. Impossível existir progresso sem transformação, galera... O importante é ver o que a Cheiro de Mel vem fazendo de bom. Vou ler o que pesquisei pra vocês. Olha: ela faz o tratamento adequado de seus dejetos, mantém uma área arborizada no pátio da indústria que é quase um parque, se preocupa com a saúde dos funcionários... O impacto é o menor possível! Tá escrito aqui!

Blá: Será mesmo, Cadu? Você sabe que o número de pacientes com alergia respiratória triplicou só no último ano aqui na cidade? E volto a dizer: tudo o que afeta o ambiente local também prejudica o global... Só não temos ideia do tamanho do impacto! Precisamos saber quais são os poluentes emitidos pela Cheiro de Mel: será que ela emite gases do efeito estufa? Será que essa poluição afeta nossos animais? E o que é jogado no rio, será que não vai contaminar nossas plantações? Você reparou que o Rio Amarelo está cada vez mais justificando o nome? As águas, que eram transparentes, estão opacas e amareladas. Os peixes começaram a diminuir!

Cadu: Essas são acusações da sua cabeça, Blá. Não há nenhum estudo que mostre a poluição do rio ou a diminuição dos peixes... Muito menos que o aumento dos casos de alergia está ligado à Cheiro de Mel.

Blá: E porque não tem estudo, não está acontecendo? Gente, eu moro ali, do lado da corredeira do rio, desde que nasci. Eu estou vendo que tudo está mudando. Os pescadores estão reclamando... E o cheiro que a fábrica solta nos fins de semana? Até quem mora aqui perto da escola sente! Vai ver como fica lá em casa...

Cadu: Podem existir diversos motivos pra essas mudanças, não acha? É injusto dizer que a culpa é da Cheiro de Mel sem qualquer prova. E não vejo qual o problema do cheiro nos fins de semana... Até que é gostoso!

Blá: Eu realmente não tenho prova alguma de tudo isso, mas tenho de outros problemas. A Cheiro de Mel utiliza mais de 500 cobaias por ano... São coelhos, ratos, porquinhos-da-

-índia e *hamsters*, animais inocentes que sofrem dor, chegam a ficar cegos, morrem torturados! Isso é um absurdo!

Enquanto ela falava, eu projetei imagens de animais presos em laboratórios de teste, doentes, feridos e um resmungo desconfortável encheu o auditório.

Cadu: E você prefere que não haja testes e essas coisas aconteçam com as pessoas, Blá? O teste nos animais é algo cruel, sim... Mas é o único jeito de garantir que um produto seja 100% seguro para o ser humano. Eu também pesquisei isso!

Blá: Não é bem assim, Carlos Eduardo. Existem outros testes que podem ser usados nos produtos cosméticos, sem nenhum animal envolvido. O que acontece é que eles são mais caros. Olha o que eu pesquisei: na União Europeia, desde 2002 é proibido fazer teste de cosméticos em animais e desde 11 de março de 2013 a UE não comercializa produtos cosméticos que sejam testados em animais. É um modelo a ser seguido e vários países já seguiram. Ou as empresas se adaptam, ou não vendem no mercado europeu!

Cadu: Você quer comparar a realidade do resto do mundo com a da Europa?

Blá: Nem de longe. A questão é que os testes com animais são mais baratos e por isso são mantidos. Ainda assim, cada vez mais empresas – empresas sérias, é bom destacar! – encaram o desafio e investem nos testes feitos com plantas ou com células humanas cultivadas em laboratório. No mundo todo, isso está virando realidade. Por que a Cheiro de Mel não se adapta?

Cadu: Blá, você mesma disse que esses testes são mais caros. Agora, quantas pessoas pensam nos testes feitos em animais na hora em que vão comprar um xampu ou um perfume? Se tiver um produto mais caro porque não foi testado em animais, você acha que as pessoas vão preferir comprá-lo por isso? Ou nem vão se ligar nesse detalhe?

Blá: A questão é: eu sei disso! Você sabe! Todos nós aqui sabemos! É uma questão de consciência, de educação. Faz parte do papel social da empresa informar. Os resultados podem não ser imediatos, mas pode sim chegar um dia em que as pessoas, todas elas, se incomodem de saber que o perfume que usam foi testado em coelhos e deixou um monte deles cegos antes de ser aprovado!

Cadu: Você é uma idealista!

Blá: E você é um vendido!

Nílson: Calma, vocês dois, ou iremos interromper o debate.

O Nílson conseguiu segurar a briga, mas a cara dele não estava nada boa...

Cadu: Bom, agora eu quero falar de uns projetos legais! Conversando com o diretor de Marketing da Cheiro de Mel, eu fiquei sabendo que, além de trazer o desenvolvimento pra nossa cidade, a fábrica está investindo pesado na cultura, nos esportes e na área social. Este ano ela será a patrocinadora oficial da equipe de natação da cidade. E vocês sabem como é difícil conseguir patrocínio para o esporte em nosso país... Também fará acontecer o primeiro festival de música, teatro e arte popular no segundo semestre.

A galera se agitou olhando direto para o tal do Albuquerque. Alguns começaram a assoviar e a aplaudir.

Cadu: É isso mesmo e tem mais: a Cheiro de Mel vai patrocinar a recuperação da praça da igreja, do parquinho da Praça da Ladeira, do nosso campinho de futebol e do ginásio de esportes da cidade.

A Blá ainda tentou falar, mas o pessoal estava aplaudindo, uns gritando "Cadu, Cadu!", outros, o grito de guerra... E o Nílson achou melhor encerrar o debate porque não dava mais para controlar a galera.

O Cadu saiu carregado nos ombros pela torcida organizada. O Albuquerque saiu com os professores e com o diretor, para bater um papo. A Blá... Bem, a Blá não ficou sozinha, não. Mais de 20 alunos ficaram no auditório com ela, com o Nílson e comigo, conversando e continuando a ver as transparências e as informações que a Blá tinha reunido. O curioso é que, dessa turma, cinco estavam com o uniforme da torcida do Cadu. E não eram espiões... Tinham mudado de time mesmo! Parece que a batalha não foi totalmente ganha, como acreditou o Cadu antes de o debate começar.

Jornal do **GRMPMC**

GRUPO DE RESISTÊNCIA MEU PLANETA, MINHA CASA

Ano 1 • Número 1

A culpa pode ser sua!

Na última quarta-feira, um debate em nossa escola nos alertou sobre as consequências do desenvolvimento sem preocupação com o meio ambiente. Está na hora de agir. Você também é responsável pelo que vai acontecer.

Desenvolvimento, progresso, evolução são ideias muito ligadas entre si. Até algumas décadas atrás, os seres humanos encaravam o planeta Terra como uma fonte sem fim de recursos, que existia para ser explorada por nós.

Essa ideia mudou porque as coisas começaram a dar bem errado! Hoje muita gente vê o planeta como algo vivo, que deve ser respeitado.

Muitas são as consequências do desenvolvimento descontrolado, a qualquer custo, caminho que seguimos até aqui: ar poluído, rios mortos, falta de água doce, chuva ácida, buraco na camada de ozônio, desaparecimento de florestas inteiras, aquecimento global... Coisas que a gente discute nas aulas, vê noticiadas nos jornais, na TV e na internet, e sente no dia a dia: sabe aqueles dias extremamente secos no inverno? Ou os temporais absurdamente fortes no verão? As secas dos últimos anos em regiões onde chovia bastante? Mudança climática na vida real, amigos...

Jornal **GRMPMC**

Ano 1 • Número 1

O ser humano já percebeu que os recursos vão acabar, que consumimos cada vez mais e cometemos muitos erros. Além disso, é muito mais caro arrumar o que foi destruído do que prevenir essa destruição, preservar.

Não dá para voltar no tempo nem parar de se desenvolver. Retrocesso não parece ser a solução. O que surgiu de novidade no século passado foi a ideia de desenvolvimento sustentável e é essa a ideia que defende o GRMPMC.

Acreditamos que é possível evoluir, crescer de forma responsável preservando a natureza, garantindo o bem-estar dos seres humanos e dos animais, e das plantas também.

Acreditamos que é responsabilidade de cada um de nós fazer isso acontecer e temos muitos instrumentos para isso: manifestação das nossas opiniões, escolha dos produtos que consumimos, pressão sobre os governantes que elegemos.

Acreditamos que somos responsáveis por fazer o futuro melhor. Desenvolvido sim, mas de forma equilibrada, de forma sustentável. Não do jeito que a Cheiro de Mel vem fazendo.

Informe-se! Aja! Junte-se a nós inscrevendo-se com o representante de sua sala.

Mas que droga é essa???

Não entendi nada... A mina sai derrotada total do debate e aparece com um jornal ridículo desse GRMPMC que mais parece grunhido de quem tá com dor de barriga?

Representante de sua sala? Como ela foi arrumar um representante por sala? **Quanta gente tá envolvida nessa coisa?**

Eu estava na certeza de que tinha acabado... Que a Blá ia arrumar outro tema pra uma nova carta-manifesto... Quinta e sexta foi a maior tranquilidade aqui na escola. Sem cartazes nos murais, só cumprimentos da galera e dos professores pelo meu desempenho no debate. Tá certo que muita gente cumprimentou a Blá também, mas a maior parte estava interessada em saber mais sobre quando e como seria o festival cultural patrocinado pela Cheiro de Mel, ou quando as reformas que apresentei no debate seriam feitas.

Parecia que ninguém estava ligando para o papo de destruição da natureza, morte dos animaizinhos indefesos, blá-blá-blá...

Confesso que alguns argumentos da Blá me fizeram pensar, me balançaram, mas ela é muito fraquinha... Não parou pra pensar que, nesse caso, os benefícios são maiores que os problemas. Acho que faltou assessoria pra garota.

E agora vem esse jornalzinho todo elaborado, com cópias distribuídas pra **todos** os alunos na entrada da escola... **Como foi que ela conseguiu isso?**

Acho bom eu ficar esperto e de olho aberto na Blá.

Levantei, sacudi a poeira e dei a volta por cima!

Quando acabou o debate na quarta-feira eu senti uma sensação de desânimo enorme... Mas aí ficou um pessoal querendo conversar e tudo mudou. Eles realmente estavam interessados no que eu tinha a dizer.

Foi uma conversa legal e, no final, todos quiseram entrar para o GRMPMC. De única integrante do Grupo, passei a ser um dos 23 membros! Assim, de repente!

Até o professor Nílson se uniu a nós. Improvisei fichas de inscrição no meu caderno e marcamos uma reunião para a sexta-feira à tarde, na casa do Juba. Território neutro **(???)**.

Na quinta contei tudo para o Torpedo e, para comemorar, passamos a tarde procurando abaixo-assinados na internet que defendessem causas humanitárias e ecológicas. Quem achava assinava e passava para o outro assinar também... Foi divertido! E me ajudou a aguentar a ansiedade pela reunião de sexta...

Para minha surpresa, éramos 45 pessoas na casa do Juba!!! Todas jogadas pelo chão da garagem... Um amigo acabou arrastando outro e o grupo cresceu da noite para o dia.

Discutimos quais deveriam ser as ações do Grupo de Resistência e a palavra mais citada foi **"conscientização"**. Aí surgiu a ideia do jornal e de reuniões informativas. Todos acharam que o próximo passo acabaria aparecendo naturalmente, quando a conscientização fosse virando realidade.

Contando com a ajuda de muita gente, é mais fácil conseguir as coisas. Cada um deu um pouco de grana e compramos papel reciclado para a impressão do jornal. O pai do Gustavo, um dos nossos novos integrantes, é o seu Júlio, dono da gráfica Santa Maria, que faz folhetos para as igrejas da região. A gente dando o papel, ele aceitou imprimir o jornal de graça. Eu não sabia, mas o seu Júlio foi *hippie* e morava numa cidade grande. Acabou vindo pra cá depois de casado, em busca de uma vida mais tranquila e próxima da natureza. Ele adorou nossa iniciativa e ajudou a montar o jornal, diagramou para a gente e ensinou como fazer os próximos. Vamos passar o arquivo pronto pra ele, mais o papel, e ele dará a tinta e o trabalho de impressão para todas as edições!!!

Eu, o Gustavo e o Juba acompanhamos tudo. Estávamos eufóricos com o que fizemos e loucos para ver o resultado!

Foram 432 jornais distribuídos no portão da escola!!!

Agora é só esperar...

1 x 0 para mim

– "**Acreditamos que é responsabilidade de cada um de nós fazer isso acontecer e temos muitos instrumentos para isso: manifestação das nossas opiniões, escolha dos produtos que consumimos, pressão sobre os governantes que elegemos**" – li esse trecho em voz alta, quase gritando o "escolha dos produtos que consumimos", antes de a professora entrar. Virei para a Blá e disparei:

– Conta aqui, Blá... Seu pai trabalha na Cheiro de Mel, não é?

– É. Mas o que isso tem a ver?

– Nada. Só uma coisa: pelo que sei todos os funcionários ganham mensalmente uma cesta com produtos da empresa. Estou certo?

– Hum, hum...

– Então você consome os produtos da Cheiro de Mel.

– Isso não vem ao caso, Carlos Eduardo.

– Claro que vem! Como líder do movimento Grunhido RMPMC, você deveria escolher os produtos que consome, não é isso o que está escrito aqui? Pelo menos não deveria consumir os produtos da Cheiro de Mel. Muito contraditório, Blá!

Ela ficou sem jeito e a turma começou a zoar.

1 x 0 para mim!!!

Pô, não pensa no que escreve dá nisso! Eu acho que coerência é o que falta pra tudo quanto é grupo que defende a natureza e luta contra o desenvolvimento, entende? Eles sabem fazer bagunça, chamar a atenção dos jornais e da televisão, mas falam umas bobagens!!!

Meu pai sempre diz que eles são baderneiros e é por isso que muito país sério se recusa a assinar tratados internacionais, como a Agenda 21 ou aquele que regulamenta os transgênicos. Nenhum desses tratados pensa que pode prejudicar o progresso... Eu até acho que encarar o mundo como algo a ser explorado e consumido não é certo, mas a gente precisa viver. Vai fazer o quê? Parar de andar de carro pra não acabar com o petróleo nem poluir o ar? Parar de comer batatinha frita porque a batata contamina o solo com agrotóxico, o saquinho polui a natureza e o óleo jogado no esgoto polui os rios? Não dá pra parar...

Pausa para pensar...

Será que eu sou tão bitolada assim como o Carlos Eduardo diz?

Sabe, tem hora em que fico pensando que seria legal ter uma vida normalzinha... Sair com as meninas da minha turma, ficar na praça paquerando, ter um namorado mesmo, desencanar de querer arrumar o mundo.

Não está fácil ser uma garota engajada, sempre defendendo o que penso! Estou bem pra baixo hoje. O clima pesou aqui em casa. Pesou **MESMO**!!! O tal do Albuquerque teve uma "conversinha" com meu pai.

Sei lá como o homem teve acesso ao nosso jornal...

Tinha dado o caso por encerrado no debate da quarta-feira, mas aí viu o jornal e decidiu que era hora de intervir mais diretamente. Isso significa cair matando em cima do meu pai...

Lá mesmo na escola, depois do debate, ele quis saber quem eu era. A Cármen, professora de Língua Portuguesa, foi quem me deu um toque. Disse que o Albuquerque conversou com vários alunos perguntando sobre mim. Ela ouviu um menino contar que meu pai era funcionário da Cheiro de Mel.

Meu pai falou que o Albuquerque foi muito delicado, mas o repreendeu por levar informações confidenciais para fora da empresa. Meu pai até se defendeu dizendo que nunca foi avisado de que trabalhava com dados confidenciais e que só tinha feito conversar, trocar ideias com a filha. O Albuquerque mostrou o jornal e disse que eu era a líder fundadora do GRMPMC, grupo que conseguiu quase 50 adesões só na última semana e até perfil nas redes sociais tinha!

A situação deixou meu pai nervoso. E ele confessou que ficou orgulhoso de mim, mas também sentiu vontade de me colocar de castigo. O Albuquerque disse que estava interessado em fazer o GRMPMC rever seu ponto de vista sobre a Cheiro de Mel e pediu que meu pai repassasse para mim um convite para uma visita monitorada de todo o grupo à indústria.

Toda a conversa com meu pai foi pra lá de tensa. Estava na cara que o Albuquerque queria nos convencer a ficar do lado dele... E eu não iria me vender por um boné e uma camiseta! Mas meu pai fez tanta pressão que acabei concordando em levar o convite ao Grupo...

Depois do *show* que o Carlos Eduardo deu na sala hoje, já tive minha imagem abalada. Imagina quando chegar com esse convite!

O pior é que a crítica desse menino metido me pegou pesado. **Eu não POSSO consumir os produtos da Cheiro de Mel**. Tentei falar isso com meu pai e ele teve um verdadeiro chilique... Vou comprar o que preciso com o dinheiro da mesada, fazer o quê? Realmente, acho que seria bem mais fácil viver sem me importar com os problemas do mundo!

Eita, vida boa!

Hoje no treino de natação a gente ralou mais do que nunca. O campeonato é só no segundo semestre, mas o treino já se intensificou! O nosso técnico chegou com as fichas de inscrição da galera já preenchidas para conferir se estava tudo certo com nossos dados. Deu uma emoção! Sempre fico assim quando temos uma competição pela frente. Ainda mais uma grande e importante feito o Campeonato Estadual.

Apesar de meus pais viverem opinando sobre o que devo fazer de meu futuro, pra mim está claro que vou ser um esportista profissional, ganhar medalha nas olimpíadas e tudo! Ainda mais agora com o patrocínio da Cheiro de Mel. A partir do mês que vem, vamos receber uma bolsa mensal para que nossa dedicação aos treinos seja diária. Coisa profissional mesmo!

Precisava ver a cara de alegria do Pepê, do primeiro ano, quando a gente recebeu a notícia dessa bolsa. O pai dele está doente, de cama, há uns seis meses e a venda dos salgados que a mãe faz não está dando para manter a casa e os cinco filhos. Pepê é o mais velho, faz 16 mês que vem.

Já vinha falando em parar com os treinos de natação e começar a trabalhar. Com a bolsa, tudo resolvido. Ajuda em casa e continua os treinos.

Quando cheguei, fiquei trocando mensagem com o Juba e a galera. O Sandrão, do 9º ano da tarde, falou que vai rolar uma festa boa no próximo fim de semana e ainda soltou:

– Vocês precisam ir. Vai chover mulher e vocês dois são meu passaporte pra paquerar umas meninas!

É claro que estaremos lá! Decidimos ficar jogando *on-line* e não fiz mais nada, até minha mãe começar a se esgoelar para eu ir jantar... Aí pedi um tempo pra galera, jantei e voltei rapidinho. Jogamos até as duas da madruga. Agora, estou tentando pegar no sono... Eita, vida boa mesmo...

Sabe?
Acho que não sei...

Não falei com a galera sobre a visita ainda. Não tive coragem. Senti que primeiro precisava resolver meu outro ponto fraco: o do consumo dos produtos do inimigo!

Chamei o Juba pra ir comigo ao supermercado e à perfumaria. Ele reclamou um monte dizendo que isso era coisa de menina. Aí eu disse que não tinha uma melhor amiga, mas sim um melhor amigo, que, por acaso, era ele... O Juba derreteu e cedeu. Só que nada saiu como o esperado.

– Olha, Blá, nenhum desses produtos diz que é feito sem testes em animais. Acho que dá na mesma consumir um desses aqui ou os da Cheiro de Mel. E você tem que pensar que os da Cheiro de Mel são de graça pra você!

– Não fala bobagem, Juba. O Carlos Eduardo tem razão...

– Eu ouvi direito???

– É, ouviu. O seu amigo Cadu está certo quando diz que eu sou a primeira que deve dar o exemplo. Preciso começar o boicote à Cheiro de Mel já!

– E adianta consumir outro produto que passa pelo mesmo processo, que pode ser de uma fábrica que use ainda mais animais como cobaias ou polua mais o ambiente?

– Eu vou procurar mais... Me ajuda... – Ficamos revirando as embalagens até uma atendente aparecer oferecendo ajuda. Expliquei o que queria e ela pareceu perdida.

Saímos de mãos vazias e fomos para a casa do Juba pesquisar. Rapidinho descobrimos um monte de empresas de cosméticos que não fazem testes com animais. Muitas delas brasileiras! Mais de 170 empresas nacionais respeitando a vida animal! Viu como é possível? Descobri que no estado de São Paulo, desde 2014 os testes cosméticos em animais são proibidos. Bem que todos os outros estados poderiam fazer o mesmo, né? Vi uma pesquisa de 2015 falando que 2/3 da população brasileira são contra o teste em animais, mas poucos buscam saber se os produtos que consomem são testados dessa forma. Eu não quero ser assim!!! Fui anotando os nomes das empresas para voltarmos à perfumaria e resolver o problema, mas aí não convenci o Juba a continuar a missão:

– Eu cansei, Blá. Agora é só ir lá e comprar. Você pode fazer isso sem mim, né?

Concordei e, antes de sair, convidei o Juba pra ir à festa da Angélica no sábado, mas ele disse que já marcou uma balada com o pessoal da natação. Fazer o quê? Lá vou eu sozinha... Não estou com nenhuma vontade de fazer compras agora.

É melhor ficar esperto

Perguntei para o Juba quantos membros tem a "Grunhido de dor de barriga" e ele disse que já são 87! Aí perguntei se ele se inscreveu e o cara disse que não, continua neutro.

Como é que pode? Dá pra acreditar num sujeito assim?

Começo a me perguntar se ele não é um espião. Para mim ele não revela nada do que acontece do lado de lá... Quem garante que ele não leve informações daqui pra lá??? Se bem que não temos grupo de resistência organizado, informações secretas e plano...

Só isso já é uma informação, não é? Em tempos de guerra, nunca se sabe...

Talvez eu deva formar um grupo, mas dá trabalho... E aí vou precisar ficar discutindo tudo com o grupo. Fora que vou gastar meu tempo precioso com reuniões e coisas do tipo... Melhor é agir sozinho e trazer a galera nos momentos de agito.

Fazer um jornalzinho também dá muito trabalho... Porém, também preciso divulgar as minhas ideias. Podia ser na internet, mas aí não garanto que a escola toda veja os *posts*... Uma rádio na hora do intervalo seria legal. Acho até que o Albuquerque ajudaria a comprar o equipamento. O Diego é o DJ oficial de tudo quanto é festa do povo da escola. Aliás, é ele quem vai agitar a festa do próximo sábado. Com certeza ele ia achar irado ter uma programação diária... E eu entro com o noticiário!

A meleca é que uma proposta dessas vai acabar passando pelo Grêmio. Acho que esse é o teste que eu preciso para checar a fidelidade do Juba...

Eu simplesmente não a-cre-di-to!!!

– **O Diego e o Cadu estão querendo montar uma rádio** aqui na escola? A troco do quê?

– Que pergunta é essa, Blá? Achei irada a proposta – o Juba foi quem apresentou o projeto na reunião do Grêmio e a defendeu o tempo inteiro.

Toda a diretoria gostou da ideia e queria apresentar logo o projeto para o diretor da escola.

– Pera aí, galera... Antes a gente precisa saber qual vai ser a programação, quem vai cuidar dela, se será aberta à participação de toda a escola...

– Está aqui, Blá, na página 6. Eles descreveram isso. O Diego vai cuidar da programação musical e o Cadu do noticiário. O programa será ao vivo de manhã e a gravação dele será passada pro pessoal da tarde. Uma vez por mês acontecerá a programação popular, quando os alunos poderão participar escolhendo músicas e mandando recados.

– Estou achando esse projeto muito bem elaborado... Tem dedo seu aí, não tem, Juba?

– Até tem. Acho a ideia realmente boa e ajudei um pouco, sim. E todo mundo concordou com ele...

– E onde é que eles vão conseguir o equipamento?

– O Diego disse que já tem o equipamento e vai doar pro colégio...

– Nossa! O Diego está mesmo a fim de fazer essa ideia acontecer, hein?

– Eu também estou, Blá. Acho que vai ser legal ter uma rádio nossa no colégio. Com o tempo, o povo da tarde até vai querer fazer uma programação deles... O Cadu disse que tudo bem, mas vai querer manter o noticiário.

– Por quê?

– Sei lá... Não achei estranho. Vai ver ele descobriu que tem uma veia jornalística.

– Bom, parece que a votação aprova o projeto, né?

Claro!!! Foi **unânime**. Quase... Eu votei contra. Ainda assim: projeto aprovado e apresentado ao diretor, que adorou a ideia. Disse para mim que o Carlos Eduardo já o havia procurado e foi ele quem sugeriu a gravação do programa da manhã para reprodução no período da tarde. Em resumo: se o projeto não tivesse sido aprovado pelo Grêmio, seria aprovado pelo diretor de qualquer jeito. Sei não... Isso está cheirando mal!

O bicho vai pegar...

Esse fim de semana foi do agito! A festa da Angélica foi demais! Ela alugou o salão do clube e lotou. O Diego pôs todo mundo pra dançar. Você acredita que perdi a conta de quantas meninas eu beijei??? Elas simplesmente choveram!!! É duro ser gostoso...

Bom, passei o domingo inteiro montando a rádio na escola. Deu um trabalho enorme, mas valeu a pena. Eu, o Diego e o Juba (e os técnicos, é claro) fizemos um serviço legal. **Até cabine de som nós temos!** Chique o negócio...

A Cheiro de Mel colocou o logotipo dela em tudo! Quero ver a cara da Blá na segunda-feira. ☺

Meu noticiário está prontinho e quentinho! Vai ser *show*! O Diego garantiu uma seleção de agitar a galera. E o Juba vai fazer uma participação especial: cinco minutos de humor... Vai ferver. Tenho certeza.

O Albuquerque liberou grana na hora quando viu o projeto. Sabe que até fiquei impressionado? Ou a Cheiro de Mel tem muita grana sobrando, ou o Albuquerque realmente gostou da gente...

O Juba tem uma terceira opção: acha que ele está preocupado de verdade com as ideias da galera do "Grunhido de dor de barriga"...

Penso que essa terceira opção é muito influenciada pela visão distorcida de mundo da Blá! Aliás, achei o Juba meio caído o domingo todo! Nem aguentei falar muito com ele.

Agora é segurar a ansiedade e esperar a noite virar dia... E a hora da estreia chegar!!!

Tudo errado...
Tudo errado...

Cheguei à escola atrasada hoje... Meu pai passou o fim de semana, isto é, o domingo, porque no sábado ele trabalhou até tarde, me irritando, insistindo para eu marcar a visita à Cheiro de Mel! Disse que essa demora vai prejudicá-lo. Agora, no café da manhã, fez mais um pouco de chantagem emocional... **Está impossível suportar a pressão!**

Amo meu pai, de verdade, mas é tão difícil lidar com ele às vezes! Essa visita acabou se transformando numa "prova de amor" no discurso dele. Terrível! Manipulação pura!

Decidi que vou marcar uma reunião com o GRMPMC para amanhã à tarde e discutir o próximo jornal. Aproveito e abro o jogo com relação à visita. Que vergonha!

E não foi só o meu pai que azedou meu fim de semana. No sábado teve a festa da Angélica. Logo que cheguei, encontrei um pessoal do GRMPMC – ainda bem! – e fiquei dançando com a galera. Aí vi o Juba se catando com uma patricinha do 8º B. Não tenho nada a ver com a vida dele, mas fiquei pê da vida! Por que ele não disse que a balada da galera dele era a mesma que a minha? Será que ele não queria correr o risco de eu cismar de ir junto para a festa?

Isso me pegou de um jeito... Fiquei triste na hora!

Umas duas músicas depois, ele chegou sozinho ao grupo em que eu estava:

– Blá, você por aqui?

– Eu que pergunto... Lembra que chamei você pra festa da Angélica e você disse que tinha outra balada marcada com a galera da natação???

– Pois é! Sabe que eu nem fazia ideia de onde era a balada até chegar aqui? Tá boa a festa, né?

– Pra você deve estar demais!

– Não entendi...

– Deixa pra lá.

Saí de perto dele com uma sensação muito estranha. Fui ao banheiro e, na volta, o Pepê, amigo dele da natação, chegou bem pertinho, me elogiou, me cantou e me ganhou.

Ficamos. Foi tão sem graça! E o tempo todo eu estava de olho para ver se o Juba passava por ali... Não sei se queria que ele visse, ou que ele não visse... Depois, voltei para casa ainda chateada sei lá com o quê...

Bom, o fim de semana passou e o mundo não acabou... Hoje tudo correu bem até a hora do intervalo. Como cheguei atrasada, fui direto para a sala e não vi o pátio. Fiquei em **estado de idiota-imobilizada** quando vi o logo da Cheiro de Mel estampado em todo o equipamento da rádio... Eu devia ter adivinhado isso! Acho que nasci sem sexto sentido, **intuição zero**, não é possível!

Fiquei me segurando pra não fazer um escândalo. Decidi ouvir a programação antes. O DJ Diego abriu o som da rádio e tocou dez minutos de muita música boa. O pátio virou uma pista de dança. Aí entrou o Juba e teve seus cinco minutos de fama com umas piadas que eu nunca tinha ouvido. Ele arrasou! E eu fiquei um pouco mais triste por a gente estar vivendo um clima estranho e eu não poder dar um abração nele para comemorar a estreia... Até comecei a ignorar os logos espalhados por todo o pátio e achar a ideia da rádio muito boa. Aí veio o grande encerramento... Cinco minutos de noticiário com o Carlos Eduardo.

Fala sério... Pareciam mais cinco minutos de propaganda do nosso adorado patrocinador! *Como o diretor permite uma coisa dessas?* E como o Juba compactua com isso?

Tentei conversar, mas ele disse que estou sendo radical, que o Carlos Eduardo falou de acontecimentos importantes e que se a Cheiro de Mel estava no meio é só um detalhe.

Não concordo. Não mesmo!!!

Interrupção na programação

Não entendo o clima com a Blá. Ela está mais radical do que nunca e superagressiva comigo! O pessoal elogiou a programação. Até autografei os cadernos de umas pirralhas do 6º ano! A Blá nem quis conversar, fechou a cara, saiu de perto e só bufava... Ela está me tratando assim desde a festa de sábado. E tudo porque eu não sabia que estaria na mesma festa que ela! Um exagero! Acho que só vamos resolver essa parada se conseguirmos conversar...

Curti participar da rádio e o Cadu já disse que os cinco minutos são meus se eu quiser... Mas sei lá, acho que o Cadu gostou mesmo foi do jeito que a Blá está me tratando. Fiquei com a sensação de que ele quer mais é que eu me afaste dela de uma vez por todas. Disso eu não gostei. Me senti meio manipulado. Sei lá...

Ganhei a batalha!

Precisava ver a cara da Blá depois do intervalo. Parecia que tinha engolido uma mosca-varejeira ou uma barata nojenta! Nem precisei fazer força para esnobar a menina. Foi eu, o Diego e o Juba entrar na sala pra galera começar a assoviar e a aplaudir.

Ah... Como é doce o gosto da vitória!!!

Tivemos aula com o Nílson, que nos cumprimentou, elogiou a programação de estreia, mas deu uma alfinetada:

– Gostei de tudo mesmo, mas acho que o noticiário de vocês deve ser mais amplo. Sabem? Falar do que rola aqui na escola e da comunidade ao redor... Buscar informações interessantes no nosso cotidiano. Pensem nisso.

Decididamente **eu não vou pensar nisso!!!** Não mesmo! Primeiro, porque ia dar um trabalho gigantesco; segundo, porque a minha intenção quando criei a rádio era justamente minar as ideias antiCheiro de Mel que andam circulando pela escola. Dane-se se ficou na cara! Sem querer, **comecei a pensar** se havia um caminho intermediário, tipo noticiário com informação geral e da Cheiro de Mel também, mas a aula ficou interessante e tirei o problema da cabeça.

As duas últimas aulas eram uma dobradinha de Ciências no laboratório. Eu adoro as aulas de Ciências! Por mim, só estudava isso.

O Gera é um dos professores menos velhos da escola, deve ter uns 30 anos. Ele sempre tem um jeito curioso de passar o conteúdo, meio desafiador, faz a gente pensar. Apesar de tudo isso, a aula de hoje me incomodou um tanto. O Gera disse que o inverno está chegando e nesse período se agravam os problemas respiratórios. Primeiro, explicou toda a causa climática e aí entrou nos fatores irritantes: cheiros fortes, partículas suspensas no ar, inversão térmica nos grandes centros urbanos e poluição mais concentrada... Depois começamos a fazer uns experimentos para ver como isso funciona na prática.

Ao final da aula, fiquei me perguntando aonde o Gera queria chegar, se tudo aquilo tinha alguma ligação com a Cheiro de Mel ou se era só impressão minha...

Até que enfim, uma luz no fim do túnel!

A aula do Gera foi fantástica! Confesso que não sou superfã das aulas de Ciências. Só me ligo mesmo quando o tema é mais relacionado à ecologia, ao meio ambiente... Aulas de saúde normalmente eu acho muito óbvias e chatas, mas a de hoje foi um *show*.

Depois do sinal, fui conversar com ele. Perguntei se ele sabia que nos últimos anos estavam aumentando os casos de problemas respiratórios em nossa cidade. Ele respondeu que sim e que foi por isso mesmo que tinha preparado a aula. Aí eu perguntei se ele fazia ideia da causa desse aumento. Ele sorriu e disse:

— Simples, Blá. Aumentaram os agentes irritantes nesses últimos anos.

— E por que aumentaram? Qual a fonte?

— Olha, Blá, eu tenho um palpite parecido com o seu, mas é só um palpite. Eu não moro aqui, você sabe. Venho pra cidade só duas vezes por semana. Quando ouvi você falando no debate sobre o cheiro forte liberado pela Cheiro de Mel nos fins de semana, fiquei de orelha em pé, mas não tenho como afirmar nada.

– E a gente não pode fazer alguma coisa, Gera?

– Até pode, mas é complicado...

– Amanhã à tarde vai ter uma reunião do Grupo de Resistência Meu Planeta, Minha Casa. Já temos 87 membros! Inclusive o professor Nílson...

– Eu sei, ele comentou comigo.

– Você não pode participar e explicar pra gente o que podemos fazer?

– Não sei, Blá. Não queria me envolver nisso.

– Não estou pedindo para você fazer parte do Grupo, Gera, apenas pra esclarecer a situação pra gente.

– Isso pode ser... Não vejo nada de mau... Não prometo nada, mas talvez eu apareça amanhã, OK?

– Vou ficar feliz da vida se você vier, prô!

Parece que os problemas desapareceram

Os treinos de natação estão cada vez mais puxados. Tudo bem que dá pra ver resultado mesmo, mas eu não estou conseguindo nem ficar no computador até mais tarde! Estou me sentindo um alienado... Sem jogar, sem me informar, sem navegar... Chego em casa, como e durmo!

Vida de atleta não é fácil!

Mês que vem começam as provas... Quero ver onde vou arrumar tempo para estudar.

Sabe, a solução para o problema do noticiário da rádio apareceu sozinha. Três meninas do 6º ano me procuraram para saber se poderiam ser repórteres. Vão fazer a pesquisa de notícias na escola e na redondeza... Aí me passam o material. Pode??? Vai ter sorte assim na China! Está certo que são três pirralhas que vivem babando atrás de mim, mas acho que essa é uma situação de necessidade e não tem nada de mau usar meu charme, não é? É!!!

Penso que, desse jeito, consigo mesclar notícias gerais com as informações da Cheiro de Mel. Igual o Nílson sugeriu... Fica mais equilibrado, mais camuflado e ninguém vai poder reclamar.

O noticiário de hoje já foi diferente. Passei alguns avisos do diretor sobre os preparativos das Festas Juninas, os ensaios para a quadrilha, a distribuição das barracas entre os nonos anos e o concurso de Miss Caipirinha. No final, uma notícia quente: a Cheiro de Mel está abrindo inscrições para seu programa de jovens aprendizes. Tudo bem que só podem se inscrever maiores de 14 anos que já estejam cursando o Ensino Médio. Está certo que apenas parte dos alunos da escola tem esse perfil, mas todo mundo tem um irmão, ou um primo, ou um amigo a quem a notícia possa interessar... Não é mesmo???

A galera está agitando

A reunião agora à tarde foi BEM boa. Como tinha muita gente, usamos o auditório da escola. O Gera não pôde vir, mas passou um *e-mail* para o Nílson com uma porção de informações úteis. Ele disse que as fábricas de cosméticos, quando trabalham com coisas em pó, tipo maquiagem, podem deixar "material particulado" suspenso no ar, ou seja, parte desse pó vai para o ar. Isso pode prejudicar os funcionários se eles não usarem o equipamento de proteção adequado. Caso a indústria não utilize filtros próprios, essa poeira pode ir para fora da fábrica e poluir o nosso ar...

Interessante, não?

O Gera também disse que há várias formas de diminuir a emissão de odores, caso eles estejam incomodando ou irritando o sistema respiratório da vizinhança.

O Nílson nos lembrou do que está acontecendo com o Rio Amarelo. Disse que trocou ideia com o Gera e acha que o melhor é coletarmos amostras da água e enviarmos para análise no laboratório da faculdade em que o Gera faz pós-graduação.

Eu e o Juba nos oferecemos para coletar essas amostras no próximo fim de semana. O Nílson disse que irá conosco e talvez o Gera também vá. Achei que o Juba se ofereceu para ir só para me agradar, mas não dei bola para ele. Nem sei por que ele continua participando das reuniões do GRMPMC... O cara não se decide... Não entra para o Grupo, nem sai dele...

Acertamos o conteúdo do próximo jornal e aí precisei fazer o convite a todos para a visita à fábrica. Expliquei a história toda e fiquei esperando as críticas. O Juba falou primeiro:

– Sabe que eu acho uma boa ideia essa de visitar a Cheiro de Mel... – pensei que ele estava falando isso só para quebrar o gelo, mas ele arrasou. – Se queremos descobrir se há algo de errado por lá, o melhor jeito de investigar é entrando na fábrica.

Depois dessa acho que ele passou a ser membro honorário do GRMPMC... Querendo ou não!

– Concordo com o Juba! – apoiou o professor Nílson e a galera se agitou mostrando que todo mundo estava curioso para ver a Cheiro de Mel por dentro. – Quando vamos?

– Vou falar com meu pai e pedir a ele que agende, tá bom?

Bem... Foi totalmente diferente do que pensei! Se eu soubesse, tinha tirado esse peso das costas antes... E acho que nem estou mais com tanta raiva do Juba.

Sou um homem de contatos...

Ontem à noite fui com minha família jantar na casa do seu José Paulo, o prefeito. Meu pai é amigo de infância dele e vira e mexe acontece uma reunião dos amigos da antiga. Sempre achei que esses encontros deveriam ser bem chatos. Um bando de gente velha conversando sobre coisas de adulto.

Dessa vez meu pai insistiu para eu ir junto, disse que eu já estava virando um homem e que era hora de começar a participar de situações como essas. Fui bufando, quase arrastado, mas me surpreendi. Foi muito legal!

O pessoal é divertido e boa parte leva os filhos. Rola papo sério, mas também um violão, cantoria e piadas. O Juba ia adorar aquilo!

Num certo momento, o prefeito conversava com meu pai e olhava pra mim com uma cara bastante interessada. Eu estava meio longe, cantando MPB com um pessoal em volta do violão, mesmo assim dava pra ver os velhos e o jeito como olhavam pro meu lado. Não demorou muito e o seu José Paulo fez um sinal para eu ir até lá. Cheguei e ele passou o braço sobre meu ombro antes de falar:

– Carlos Eduardo, seu pai me contou da sua iniciativa no caso da defesa da Cheiro de Mel. Disse inclusive que você participou de um debate e montou uma rádio no colégio. É isso mesmo?

– É sim, seu José. Tem umas pessoas espalhando umas ideias nada a ver por lá e eu resolvi fazer alguma coisa.

– Iniciativa admirável, jovem. E nesse programa de rádio você passa informações também sobre a Cheiro de Mel, estou correto?

– Está sim, é um jeito que achei de passar pra galera o que a empresa anda fazendo por nossa cidade e por todos nós.

– Acho que posso ajudar você nisso, Cadu. Posso chamar você de Cadu?

– Claro, seu José!

– Pois então... Há três anos, quando a Cheiro de Mel chegou a nossa cidade, a prefeitura estava falida! Era o fim do meu primeiro mandato e eu fazia de tudo para administrar nossa pequena verba pública e dar conta de pagar todos os nossos funcionários e manter a qualidade dos serviços... Mas confesso que estava muito difícil. Quando a empresa comprou o terreno no Morro do Amarelo, eu nem acreditei, ainda mais por ser uma região distante do centro da cidade. E acreditei menos ainda quando eles se propuseram a arcar com parte dos custos de saneamento básico, de iluminação e de pavimentação, melhorias necessárias para a instalação da indústria. A prefeitura não possuía recursos para tanto e foi graças à Cheiro de Mel que o Morro do Amarelo se transformou no que é hoje. Uma valorização de mais de 50%!

– Nossa, eu não sabia disso!

– Pouca gente sabe... Mas agora que já me reelegi, acho que não tem nada demais que essa informação seja veiculada, não é mesmo?

Pois veiculei MESSSMOOO!!! Hoje meu noticiário teve quase dez minutos! Peguei o horário que era do Juba e contei toda essa história com uma carga de dramaticidade caprichada. Olha, acho que até a Blá deve ter ficado grata à Cheiro de Mel.

Que idiota!!!

Ridícula toda a encenação do Carlos Eduardo. Ridícula e breeeegaaa até dizer chega! Para mim, a Cheiro de Mel só investiu num negócio, não fez melhorias pensando em nossa comunidade porcaria nenhuma! A galera, pelo visto, não pensa como eu. Os comentários que ouvi eram de um monte de baba-ovo elogiando o ato da empresa. Me poupe!

Hoje à noite vou ajudar o Juba a fechar o nosso próximo jornal. Fizemos as pazes!!! Ele não pode perder mais treinos de natação... Já faltou essa semana para ir à reunião do GRMPMC. Disse que precisa se dedicar para valer, senão acaba cortado. Eu sei que ele é uma das estrelas da equipe e não vai ser cortado coisa nenhuma, mas está certo que ele deve se dedicar... O problema é que eu sinto falta de poder contar com a ajuda dele a todo instante, sabe? Esse lance de treinar todo dia... Sei lá!

O pessoal já comprou o papel para imprimir o jornal. Estou gostando de ver a organização da galera. A turma do 8º A sempre agita, organiza e faz tudo acontecer rapidinho. Andei muito irritada nas últimas semanas. Agora que estou mais calma, percebi o quanto ando viajando nas aulas... Falei com o Juba sobre isso e decidimos que vamos estudar juntos nos fins de semana, mas acho que não vai dar certo. Fim de semana a gente sempre se enrola e quase nem se vê. Talvez seja melhor eu começar a estudar sozinha... Difícil é me concentrar.

Tenho sentido muita falta de alguém para conversar. Meu pai sai cedo e chega tarde. Quando está em casa, sempre traz trabalho e precisa ficar sozinho. Quase nem conversa. Eu costumava falar com o Juba... Se não passávamos a tarde juntos, conversávamos por telefone. Acho que por isso mesmo nem sentia falta de um namorado. Agora não dá. Tentei algumas vezes falar com ele à noite, mas o Juba fica tão cansado que nem tem ânimo para conversar. Sinto muita falta da companhia dele...

Eu ainda nem contei para ele que **parei de usar os produtos da Cheiro de Mel!** O pai do Gustavo, o seu Júlio da gráfica, trouxe uma linha de produtos artesanais para mim quando contei do estresse que o Carlos Eduardo armou na escola... A família do Gustavo só usa essa marca. Fiquei feliz da vida. E ele nem quis cobrar. Disse que é um presente e que das próximas vezes eu pago.

Tem muita gente no GRMPMC, mas ainda não confio em ninguém para falar tudo o que passa na minha cabeça, como fazia com o Juba. Ando meio sozinha demais! Só o Torpedo é que continua teclando direto comigo, toda tarde, mas com ele é tudo por internet, não tem olho no olho. E nem adianta tentar falar com as meninas da minha sala. Elas só pensam em formatura, festa de 15 anos, roupas, dança, namorados, chapinha e coisas do tipo. Definitivamente eu não sou normal... Se é que elas são normais... Eu até tento, mas desisto depois de cinco minutos de conversa.

Jornal do **GRMPMC**

GRUPO DE RESISTÊNCIA MEU PLANETA, MINHA CASA

Ano 1 • Número 2

Consumidor consciente

Educação para o Consumo *é uma ideia estranha para você? Fique esperto! O que você consome ajuda a salvar ou a matar nosso planeta...*

No número anterior de nosso JORNAL, explicamos a importância da ação das empresas para que o desenvolvimento aconteça de forma sustentável, respeitando natureza e os seres vivos, inclusive o ser humano.

Chegamos a dizer que uma forma de controle é a escolha do que consumir. E isso é verdade! O consumo tem impactos sociais e ambientais. Veja:
• quando você compra um tênis produzido pelo trabalho escravo, patrocina essa exploração, concordando com ela;
• quando você compra um biscoito que vem com três ou quatro embalagens, colabora para gerar mais lixo;
• quando você compra produtos da Cheiro de Mel, contribui para o assassinato de mais de 500 animais por ano!

Não é à toa que chamam a nossa sociedade de "sociedade de consumo". Não estou dizendo que o caminho é parar de comprar o que você precisa. O caminho é pensar sobre suas compras, escolher de forma responsável, buscar informações sempre! Afinal, seu dinheiro é o que sustenta essa sociedade e você precisa mandar o seu recado: como é o mundo em que você quer viver?

Jornal **GRMPMC**

Ano 1 • Número 2

Pense um pouco: estima-se que 20% da população mundial consome 80% dos recursos naturais e da energia produzida no planeta. Tem gente consumindo demais, não é? Enquanto outros não consomem nem o mínimo para uma vida digna...

Um consumidor consciente pensa nisso e no seu papel nesse cenário mundial.

Falando em papel...

A Cheiro de Mel diz vender produtos naturais, mas você já reparou nas embalagens deles? Tudo papel branquinho, o tipo que mais polui a natureza na hora de ser produzido. Todos os recipientes são descartáveis. Não há nada em sistema de refil.

O lixo é um dos grandes problemas ambientais de nossa época. Cada brasileiro produz em média 1 quilo de lixo por dia! 365 quilos por ano! No Brasil, os resíduos acabam em lixões ou aterros controlados em mais de 41% dos municípios; menos de 59% das cidades têm aterros sanitários; e só 18% dos municípios fazem algum tipo de coleta seletiva.

Vale lembrar que fazemos parte dessa estatística: não temos coleta seletiva em nossa cidade; por aqui, tudo acaba no lixão da Baixada Torta. Você já passou por lá? Uma pequena visita esclarecerá o que acontece com os restos mortais do que consumimos.

O GRMPMC convida você a participar de um passeio monitorado ao lixão da Baixada Torta na próxima semana, na sexta-feira de manhã. É preciso se inscrever com o representante de sua sala. Os professores Nílson, Gera e Cármen irão com a gente. Faremos o passeio de bicicleta e o dia contará como falta na escola porque não conseguimos apoio do diretor para liberação das aulas ou obtenção de ônibus.

Lembramos: consumir é compartilhar responsabilidades. Por isso é muito importante informar-se, conhecer as empresas que produzem o que você consome.

Antes de ser um consumidor, você é um cidadão!

E lá vamos nós de novo...

Mas essa galera do "Grunhido de dor de barriga" é muito da metida mesmo. Até eu vou encarar esse passeio só pra ver o tamanho da roubada. O que é difícil de acreditar é que três professores estão envolvidos no passeio monitorado... mesmo sem o apoio do diretor. O que saquei é que nenhum dos três dá aulas de sexta-feira aqui no colégio, então o diretor não pode pegar muito no pé deles...

Preciso dar o braço a torcer: a ideia de irem de bicicleta foi uma boa saída. Muita gente vai nessa por diversão.

Eu fui ao lixão quando estava no 5º ano, com minha turma aqui da escola. Sinceramente não foi nada agradável. Só lembro do cheiro horrível e da ânsia de vômito. De lá pra cá, não deve ter mudado muito.

Hoje o pessoal da comissão de formatura me procurou para pedir ajuda extra na organização da festa junina. Também pediram para eu anunciar na rádio que estão vendendo bolo e doces na hora do intervalo. Eu já acho que faço demais pagando a mensalidade para a festa e a viagem do fim de ano, mas resolvi colaborar: quanto mais arrecadarmos, melhor será o resultado, né?

O prefeito me passou um *e-mail* sobre detalhes importantes da Cheiro de Mel em nossa cidade. O noticiário de hoje foi de fato interessante. Principalmente quando contei como a Cheiro de Mel reduziu o índice de desemprego em nossa cidade em 63% e continua abrindo novas vagas.

O pai da Blá, o seu Antônio, enviou uma correspondência aqui pra escola com alguns comprovantes de compra de matéria-prima certificada para aquela nova linha de produtos da Amazônia. Junto veio uma carta endereçada aos alunos de nossa escola dizendo que a Cheiro de Mel deseja mostrar com isso um comprometimento com o meio ambiente e o desenvolvimento sustentável. Parece o blá-blá-blá da Blá... Mas serve pra calar a boca dessa menina!

Li a carta no final do programa e deixei as cópias dos comprovantes de certificação fixados no mural do pátio. A Blá foi uma das primeiras a se aproximar para ler e, ao contrário do que eu esperava, **estava com uma cara feliz da vida.**

– E aí, Blá, ficou contente com a notícia?

– Claro que fiquei, Carlos Eduardo. Sinal de que nossa pressão está funcionando... Sinal de que estamos no caminho certo!

– Sem essa, Blá. Você acha mesmo que a Cheiro de Mel comprou matéria certificada por sua causa?

– Pelo que aconteceu aqui na escola, sim. Com certeza! Eu vi as notas do mês passado quando meu pai levou trabalho pra casa num fim de semana. Tinha tudo isso lá, os mesmos produtos, e nada era certificado. Conseguimos chamar a atenção da Cheiro de Mel e eles viram o absurdo que estavam fazendo. Isso é bom! De verdade!!!

A essa altura já tinha uma galera em volta e todos pareciam bem interessados nas opiniões da Blá, eu não podia perder a discussão...

– Fala sério, menina! Você pensa mesmo que eles agiram assim porque você quis?

– Eu não. Liga o cérebro, Carlos Eduardo! O moço lá do Marketing veio aqui na escola, viu a agitação, ouviu nossas opiniões e percebeu que sairia bem mais barato comprar produtos certificados que reflorestar a Amazônia daqui a alguns anos. Percebe? É isso o que queremos: que eles se conscientizem do papel que desempenham. Entendeu?

Não deu nem pra responder. A galera começou a fazer um monte de perguntas para a Blá, deu o sinal e eu saí dali rapidinho. Será que ela falou a verdade? Sei lá! Acho que mesmo que ela tenha razão, o ponto é da Cheiro de Mel, não é?

Tudo ao mesmo tempo

Organizar o passeio ao lixão foi mais simples do que pensei. Ainda mais depois da conversa com o Carlos Eduardo durante o intervalo... A galera do 6º, do 7º, do 8º e do 9º ano se inscreveu em peso. Alguns aproveitaram e se inscreveram no GRMPMC também. Acho que a turma percebeu que realmente tem **poder para fazer o mundo mudar!**

A professora do 5º A me procurou na saída da escola e perguntou por que eu não fazia o passeio no fim de semana, assim ela poderia acompanhar e levar sua turma. Falei da disponibilidade dos nossos outros professores e ela acabou dizendo que não poderia ir, mas ajudaria a divulgar a ideia no período da tarde. E foi uma ajuda importante. No dia seguinte, tínhamos 235 inscritos! E minha surpresa foi maior quando o Carlos Eduardo veio se inscrever comigo. Pensei em zoar com a cara dele, mas decidi ser agradável e parece que ele ficou meio sem graça com a minha atitude.

Quem sabe ele ainda tenha jeito?

Pra variar, nada foi tão fácil assim... O diretor da escola me chamou para uma conversa longa e chata, em que dizia que, sendo eu presidente do Grêmio, deveria zelar pelos interesses da escola e não agitar os alunos para uma falta coletiva como aquela.

Do meu lado, defendi que minha maior missão como presidente do Grêmio era **defender os interesses dos alunos** e, além disso, o passeio era educativo, seria monitorado e colaboraria para a formação da cidadania de todos que dele participassem.

Claro que não falei assim, com essa facilidade toda... O diretor estava muito nervoso e precisei falar com jeitinho e aos pouquinhos para não acabar sendo devorada.

Meu pai também colaborou para minha agitação com a notícia de que nossa visita à Cheiro de Mel seria na sexta-feira à tarde... A mesma sexta do passeio ao lixão. Ele pediu uma lista prévia com os nomes dos visitantes. Na escola falei primeiro com o Nílson e ele se animou:

– Vai ser uma maratona, mas valerá a pena. Só precisamos sair daqui realmente às sete da manhã e voltar até a uma da tarde. Para a visita à fábrica, tenho certeza de que o diretor providenciará condução. O caminho é fazer um breve comunicado aos membros do Grupo de Resistência e ver quem topa ir com a gente.

Lista passada. **Sucesso total**. Poucos não tiveram disponibilidade ou vontade para a visita. Contando com os novos membros, foram 102 inscritos. E não foi muito surpreendente ouvir do diretor que ele providenciaria dois ônibus para o passeio...

A gente sempre se surpreende, não é mesmo?

Estou cansado!!! De verdade. Sempre adorei treinar, mas a empolgação não está sendo suficiente para essa nova fase. Começo a entender o que os atletas querem dizer com "disciplina". Por mim, dormia o fim de semana inteiro! Ou ficava jogando na internet... Mas é claro que tivemos treino de natação. Está certo que foi só hoje de manhã. A tarde e o domingo inteiro são para descansar e, realmente, é a única coisa que vou conseguir fazer.

Tentei combinar com o Juba um encontro na internet pra gente jogar ou bater um papo com a galera, mas ele disse que tinha um compromisso com a Blá. Até arrepiei. Fiquei imaginando qual será a surpresa na segunda-feira... O que esses dois vão aprontar juntos?

Bem, se meu propósito era relaxar... **Maratona de *game*!**

Mas sei lá por que ninguém da galera estava *on-line*. Fiquei navegando sem rumo, perdi a vontade de jogar e parei no *site* da Cheiro de Mel. Nunca tinha entrado nele.

Bonito. Leve. Mas bem pouca informação. A loja era completa, mas as demais seções eram bem fraquinhas. A única coisa legal mesmo foi quando cliquei em "Nossos projetos". Aí estava tudo lá: o patrocínio de minha equipe, as reformas das praças, do campinho, do ginásio, a semana cultural... Também tinha um projeto chamado "Meu planeta, minha casa". Achei estranho. "Será que a Blá está envolvida nessa história?", pensei.

Cliquei e não tinha grandes explicações sobre o projeto. Falava do compromisso da Cheiro de Mel em proteger e preservar a natureza, trazia um papo de desenvolvimento sustentável muito parecido com o da Blá e o sinal de "Ainda em construção". Não dizia o que era feito ou se pretendia fazer alguma coisa de fato...

Aí eu percebi: os caras são um gênio!

Eles se apropriaram do nome do Grupo de Resistência e fizeram dele um projeto da empresa! Só podia ser isso... Divulgando o nome, logo ninguém acreditaria que o Grupo da Blá surgiu antes, ou que eles não faziam parte da empresa... Muito inteligente! Um jeito e tanto de eliminar o inimigo, não?

Esse pessoal merece os meus aplausos! Aposto que foi ideia do Albuquerque. Dá-lhe, Albuquerque!!!

Não aguento esperar!

Estava ansiosa, andando de um canto para outro. Meia hora de atraso e ninguém me ligou dizendo o que tinha acontecido. O celular do Nílson só dava caixa postal. **Que nervoso!!!** Liguei para a casa do Juba, mas ele tinha saído.

Esperei... Fazer o quê? Mais 15 minutos e ouço a buzina escandalosa do carro do Gera. Ainda bem que meu pai não estava em casa... senão perceberia a bagunça e eu precisaria dar explicações.

Saí correndo e feliz! O Nílson, o Juba e o Gera estavam fora do carro, falantes e sorridentes.

– Pensei que vocês não vinham mais! – falei meio chateada por nenhum deles se desculpar pelo atraso.

– Ih, Blá... Todo mundo atrasou um pouquinho. Eu peguei o Nílson atrasado e chegamos no Juba mais atrasados ainda... Mas chegamos! E aí, vamos ao Amarelo?

Deixei minha birra de lado e abri o portão para eles. Pelo meu quintal, dava pra chegar à corredeira do rio. O Gera elogiou a mata nativa que mantínhamos no fundo da casa e seguiu a trilha até o rio, todo sorridente. Reparei na caixinha de isopor que ele trazia e ele explicou que era um *kit* de coleta de amostras que pegou no laboratório da universidade.

Chegamos ao rio e o Gera disse que precisaria coletar amostras de alguns pontos diferentes, inclusive do leito do rio. Falou que muitas substâncias ficam na superfície da água, mas outras podem afundar e se acumular na areia.

Foi um passeio descontraído, aproveitamos para conversar bastante, planejar a visita ao lixão em detalhes... Quando chegamos perto da fábrica, a água do Amarelo estava bem mais turva que na corredeira ao lado de casa. O Gera disse que parecia oleosa e coletou mais algumas amostras, fazendo anotações nas etiquetas. Eu quis entender o que ele fazia e ele foi explicando que marcava o local de coleta, a data e o horário. Disse que deveria repetir essa coleta em outro dia da semana. Como eu e o Juba prestamos atenção em tudo, nos oferecemos pra fazer isso. Eu fiquei feliz de ter o Juba de novo ao meu lado, ajudando... O Gera pediu para fazermos a coleta na próxima quinta e disse que, ao voltarmos para o carro, ele nos daria outro *kit* como aquele. Também nos orientou a fazer essa coleta bem cedinho, antes da escola.

Quando estávamos voltando para minha casa, a fábrica começou a soltar o cheiro de que eu tanto falo e que nada tem a ver com mel. O Gera e o Nílson se olharam.

– O cheiro é sempre forte assim, Blá? – perguntou o Gera.

– Só nos fins de semana. Começa no sábado à tarde e fica assim até domingo à noite.

– E dá pra sentir longe daqui?

– Lá em casa chega, mas bem mais fraquinho – respondeu o Juba.

– Depende da direção do vento, em casa também dá pra sentir em alguns horários – completou o Nílson.

– O que você acha que acontece, Gera? – perguntei.

– É difícil afirmar com certeza, pode ser que eles não estejam usando os filtros adequados para reter o cheiro e as partículas...

– E por que o cheiro é mais forte no fim de semana? – quis saber o Juba.

– É impossível eu responder isso com 100% de certeza... Pode ser que eles manipulem os aromas só nos fins de semana e não estejam conseguindo retê-los. Acontece que vocês disseram que os casos de alergias respiratórias aumentaram nos últimos anos e isso pode indicar que a fábrica esteja soltando partículas na atmosfera... O tal do material particulado que pedi para o Nílson explicar pra vocês outro dia. Estão lembrados? De repente eles fabricam maquiagem em pó só em fim de semana... e não usam os tais filtros... Vai saber! Bom, primeiro vamos esperar pra ver os resultados dos testes que estamos fazendo com a água. Depois pensamos no ar, OK?

OK... Mas por mim a gente tentava **resolver tudo ao mesmo tempo**. Ainda mais porque era legal ter a companhia dos três.

Tomei uma atitude

No domingo encontrei o Juba jogando com uma galera e tentei conversar, queria descobrir qual tinha sido o programa dele no sábado na companhia pouco recomendável da Blá. Ele desconversou, disse que queria se concentrar no jogo!!! Acabei desistindo e jogamos a tarde inteira, mas parecia que a gente nem se conhecia. Acho mesmo que a gente está se distanciando...

Sabe, **não aguento mais essa história de neutralidade!** Já faz um tempo que não envolvo o Juba em coisas realmente importantes, que não me abro com ele. O cara continua fazendo o programa de humor da rádio, mas é só isso. Nem imagina quais são as minhas fontes de informação para os noticiários. Não confio mais nele.

Sinto a maior vontade de trocar uma ideia com ele. Esse lance do projeto da Cheiro de Mel se chamar "Meu planeta, minha casa", por exemplo. Com quem vou falar? Só confio 100% no Juba. Ou melhor, confiava... Quem sabe até onde vai essa neutralidade toda?

Hoje conversei com a Angélica, da comissão de formatura, sobre ideias para a festa junina. Ela me perguntou se eu não descolava umas barracas transadas com o pessoal da Cheiro de Mel, ou uns brindes... Achei folga demais, mas isso criou uma oportunidade pra eu falar com o Albuquerque.

Depois da aula fui direto pra casa. Decidi escrever pra ele antes do meu treino. Não tenho a liberdade de mandar uma mensagem para o celular dele, então fiz um *e-mail*. Procurei escrever tudo bem certinho. Li, reli e mandei, meio inseguro...

De: Cadu <cadu_ouro@peixe.com.br>
Para: Albuquerque
       <diretor.marketing@cheirodemel.com>
Assunto: Festa junina e outros acontecimentos

Olá, sr. Albuquerque. Tudo bem?

Escrevo por dois motivos.

Primeiro, porque estamos organizando uma festa junina aqui na escola e o pessoal da comissão
de formatura pediu para que eu perguntasse se a Cheiro de Mel pode colaborar de alguma forma. Acho um pouco de folga, mas resolvi passar o pedido para não ficar com fama de metido...
O senhor entende, não é mesmo?

Segundo, porque a escola está organizando um passeio na próxima sexta-feira ao lixão da cidade.
Foi o Grupo de Resistência Meu Planeta, Minha Casa que propôs esse passeio e acho que o objetivo é mostrar que o lixo aumentou desde a instalação da Cheiro de Mel. Isso é uma ideia minha, não tenho certeza,

mas não vejo outro motivo para eles pensarem nesse passeio agora. O que o senhor acha?

Espero seu retorno.

Um grande abraço.

Cadu

Continuei navegando e, nem meia hora depois, recebi a resposta do Albuquerque.

De: Albuquerque
    <diretor.marketing@cheirodemel.com>
Para: Cadu <cadu_ouro@peixe.com.br>
Assunto: RE: Festa junina e outros
        acontecimentos

Oi, Cadu.

Agradeço pela informação do lixão.

Tomaremos providências hoje mesmo.

Quanto à festa junina, conseguirei a liberação de algumas "prendas" e pedirei para entregar aí na escola até o final da semana, ok?

Abraço.

Otávio Albuquerque • *Diretor de Marketing*

Cheiro de Mel Cosméticos
Visite nosso site **www.cheirodemel.com**

Umas coisas vão bem, outras nem tanto

Estamos com 265 inscritos para o passeio de sexta... O Gera pediu para fechar as inscrições porque é muita gente para só três professores tomarem conta. Aí, agora à tarde, recebemos um reforço extra, o seu Júlio da gráfica, pai do Gustavo, se ofereceu para nos acompanhar e também vai trazer mais três amigos, pais de outros alunos inscritos. Legal, né?

Acho que **vai ser um sucesso**. O Nílson falou com o responsável pelo lixão e ele se dispôs a ser nosso guia. Já passou para ele o número total de alunos e o horário que chegaremos por lá.

O Carlos Eduardo veio dar uma de engraçadinho dizendo que a gente devia pedir uma carona para os caminhões de lixo. Eu já ando de pavio curto com o fulano. Estourei mesmo. Esse cara não respeita nada nem ninguém!

Mesmo ele perturbando, é dentro de minha própria casa que está meu maior desafio: meu pai ficou sem falar comigo o fim de semana inteiro! No sábado, ele trabalhou até tarde e eu fui dormir antes de ele chegar. No domingo, ele estava de cara fechada. Quando tentei puxar conversa, ele disse que eu estava dificultando muito a situação dele na empresa e isso foi motivo para uma discussão daquelas!

– Como assim, pai? O que estou fazendo?

– Filha, essa história do passeio de bicicleta até o lixão. O que você quer com isso?

– Mostrar a todos os restos mortais e imortais do que a gente consome!

– E com relação à Cheiro de Mel?

– Como assim? Não tem nada a ver com a Cheiro de Mel!

– Não se faça de boba que isso você não é, Blá! Vocês estão querendo provar que a Cheiro de Mel aumentou a quantidade de lixo na cidade, não é isso?

– Olha, pai, a gente não sabe se isso aconteceu. Se chegarmos ao lixão e tivermos essa informação, será mais um motivo para pressionar a fábrica a tomar uma atitude.

– Aí é que está, Blá. Pressionar a fábrica. Você não percebe que está criando um ambiente hostil para mim?

– Pai, é o seguinte: antes de começar toda essa história eu pensei muito. Pensei no que poderia acontecer com você, pai. Eu amo demais você! Foi difícil tomar a decisão, mas eu sempre soube que preciso defender nosso mundo, o lugar em que vivemos. Não acho certo a Cheiro de Mel chegar, se instalar e sair detonando tudo... enquanto o povo aplaude. Pai, foi você quem me ensinou a respeitar a natureza. Você e a mamãe!

– Eu sei disso, filha. Você lembra que em nossa última conversa eu pedi pra você não ser radical, pensar na vida dos tantos envolvidos e dependentes da Cheiro de Mel?

– Lembro, sim. Só que você deve ter percebido que nossas ações estão dando resultado. A Cheiro de Mel está comprando matéria-prima certificada, como você mesmo informou lá para a escola... Eu vi seu comunicado.

– Pois esse é um caso mal-resolvido. Essa história de você divulgar uma informação como essa me criou muitos problemas...

– Você não disse que eu não podia divulgar essa história, pai.

– E precisava?

– Ah, pai... Não estou mais reconhecendo você!

– Não dá pra conversar com você, né, Blá?

– Não dá é pra conversar com você, pai!

E ele continuou de cara amarrada até hoje de manhã... Eu chorei um monte, mas no fundo eu acredito que o que estou fazendo vai provocar melhorias para todos aqui da cidade. Só me dói o coração de pensar que meu pai não entenda isso e ainda pense que esse emprego na Cheiro de Mel seja realmente bom para nós dois.

Sinto **muita falta** da minha mãe. Tenho certeza de que ela estaria me dando força agora, ficaria do meu lado e até puxaria a orelha do meu pai... Sinto falta do carinho, do colo, da conversa de minha mãe... Também sinto falta do meu pai, do jeito que ele era antes. Acho que estou ficando meio mal com toda essa história. Dá vontade de jogar tudo para o alto e ficar encolhida no meu canto. Dá vontade de conversar com o Juba... Mas cadê ele?

Viva eu, viva tudo!

O Albuquerque é demais! Sujeito legal messssmo!!! Em dois dias, ele providenciou um monte de "prendas" aqui para nossa festa. Precisava ver a cara da Angélica abrindo as caixas comigo. Guardamos tudo na sala da diretoria: tem uma porção de camisetas e bonés com o logo da Cheiro de Mel e tem um monte de produtos deles também. Serão os melhores prêmios das barraquinhas de jogos e do bingo. Pensamos até em montar umas cestas com vários produtos para fazer uma sessão de bingo mais cara.

Acertamos que 30% do dinheiro que arrecadarmos vai para a APM aqui do colégio e os outros 70% vão direto para o nosso fundo de formatura. Vai ser bom demais! Eu tenho um primo que estuda na outra escola aqui da cidade e sabe que ele me falou que a Cheiro de Mel enviou "prendas" para lá também? Esse pessoal está ajudando muita gente.

Ontem à noite, eu fui à casa da professora Miriam gravar uma entrevista com o marido e o filho dela. Passei a entrevista hoje aqui na rádio e foi um sucesso. Eles deram um depoimento emocionante sobre como a Cheiro de Mel melhorou a vida da família, de como é gratificante trabalhar lá. O filho da professora disse que o único problema é que a empresa não paga hora extra, mas achei melhor cortar esse trecho.

A professora Miriam também deu seu depoimento, só que ao vivo. Ela disse que, ao longo da história, sempre houve quem lutasse contra o progresso, mas a grande maioria das pessoas nunca se deixou enganar: **evoluir é necessário!**

Frase de impacto, né? Não sou muito fã de História, mas a partir de hoje sou fã da professora Miriam!

A Blá não achou nada tão empolgante e, depois, veio me encher o saco dizendo que eu deveria ser menos parcial e dar voz ao outro lado também. Pra variar, brigamos feio. Estou morrendo de vontade de colar a boca dessa menina com uma supercola! Que garota insuportável!!!

Até meu treinador falou se eu não podia passar uma cópia do programa de hoje para ele ouvir. É que o pessoal da minha escola, que treina comigo, comentou com ele, elogiou um monte e o deixou curioso. Fiquei de passar o programa, sim! O negócio é divulgar o que é bom.

O tempo voa!

A semana passou e eu nem vi... Amanhã é o dia D!

Lixão de manhã, fábrica à tarde. Estou ansiosa demais!!! Continuo não me concentrando nas aulas e até levei uma bronca da Miriam na aula de História... Ela disse que eu precisava descer das nuvens. Mas é impossível eu ter cabeça para tudo o que está acontecendo.

Hoje cedo eu e o Juba coletamos as amostras do Amarelo de novo. Ele passou aqui cedinho, nem meu pai tinha acordado ainda. Eu já estava pronta e foi ele bater na janela do meu quarto e eu pular para fora. Fizemos o mesmo percurso e coletamos as amostras nos mesmos lugares. Igualzinho ao que foi feito no fim de semana.

Estava meio escuro ainda e a gente andou o tempo todo de mãos dadas. Fiquei assustada comigo mesma, mas estava adorando ficar assim juntinho com o Juba... Nunca pensei nele como um... Você sabe, né? Ai!!! **Como posso me concentrar numa aula com tudo isso girando dentro de mim?**

Quando chegamos à escola, procuramos direto pelo Gera e entregamos a caixinha pra ele. O professor disse que até semana que vem ele trará um laudo da universidade. Mais motivo pra ficar ansiosa!!!

O GRMPMC está tão organizado que eu nem tenho o que fazer... Eles já prepararam tudo para o passeio. O combinado é que desse passeio nasça nosso próximo jornal...

Hoje fui falar com a Angélica para organizarmos a saída da galera para coletar prendas nas casas do bairro. Ela disse que só o que o pessoal das outras turmas trouxe é suficiente. Achei estranho e perguntei:

– Mas a gente não vai colaborar com nada? Afinal a formatura é nossa...

– Ah, querida... O Cadu já garantiu a nossa parte e com uma qualidade que nenhum outro 9º ano já conseguiu na história dessa escola! Como ele fez tudo sozinho, tomar conta das barracas fica por nossa conta. Você bem que podia organizar o pessoal da sala e da turma da tarde pra resolver isso, né?

– Tá bom. É só me passar a lista das barracas – achei que tinha Cheiro de Mel nessa história, mas não entrei em conflito.

– Ah, querida... Esqueci! O Cadu disse que ele mesmo vai cuidar da distribuição das barracas. Pode deixar que está tudo resolvido, OK? Se precisarmos de alguma coisa, eu chamo você.

Saí **bufando**. Desde o 6º ano eu participo da organização da festa junina, ajudando os nonos anos em tudo. Agora que estou no 9º e tenho todos os motivos para ajudar, já que a grana arrecadada vai pra nossa formatura... Não precisa! O Caduzinho faz tudo sozinho!!! BLARGH! Esse sujeitinho me dá nos nervos! E depois reclamam quando eu brigo com ele...

Sexta-feira, 13 horas.

Cadu
O passeio foi a coisa mais micada desse mundo!!!

Blá
Nem tudo saiu como esperávamos, mas cumprimos nosso objetivo.

Cadu
Que objetivo?

Blá
O de conscientizar a galera sobre o poder de destruição do lixo gerado por cada um de nós.

Cadu
Fala sério!!! O seu objetivo não era esse coisa nenhuma. Você queria era ferrar com a Cheiro de Mel, mas foi ferrada por eles... Ah... Acho melhor você ir pensando em outro nome para seu grupinho revolucionário ou vão achar que vocês trabalham pra Cheiro de Mel, hein?

Blá
Ah, Carlos Eduardo, cala essa boca nojenta! Moleque insuportável! Aposto que você dedurou a gente pra esses canalhas e eles fizeram tudo correndo pra mascarar a porcaria toda!!!

Cadu
Você que distribui mais de 500 jornais e vem querer que eu seja o culpado pelo que você mesma fez? Eita, menina besta! Se liga, cabeçuda! Você divulgou o passeio. Se eles foram espertos e agiram antes, ponto pra eles.

Blá
Você é muito idiota mesmo, né? Ponto pra cá, ponto pra lá... Isso aqui não é um jogo para ter pontuação, sua mula! E quer saber de uma coisa?

Cadu
Não. Fui!

 Digite uma mensagem...

Pausa esclarecedora do Juba

Esses dois estão ficando mais e mais insuportáveis. Se é que dá pra ficar ainda mais insuportável!!!

Eu me recuso a me intrometer numa briga dessas, que aliás, está se repetindo com frequência máxima nos últimos dias.

Melhor fazer um relato neutro de tudo o que aconteceu, puramente preso aos fatos: o passeio saiu da escola às 7h30. Alguns dos inscritos não apareceram, alguns não inscritos apareceram de bicicleta e tudo. Resultado: fomos 223 alunos e 7 responsáveis – 3 professores e 4 pais.

Estou sendo meio chato com tanto detalhe, não é?

Mas é preciso ser preciso (gostou?). Aguenta aí.

Pois então... Saímos com um pequeno atraso e o passeio foi até legal. Todo mundo pedalou leve para todos conseguirem acompanhar. Quando chegamos ao lixão, fomos recebidos pelo seu João. A turma foi dividida em três, o que foi muito chato porque, enquanto um grupo fazia o passeio, os outros precisavam esperar, e isso deixou muita gente impaciente e reclamando do cheiro horrível.

Preciso ser justo, como sempre: parecia falta de organização, mas acontece que esse seu João do lixão sabia quantas pessoas iriam e não fez nenhuma restrição. Se ele tivesse falado antes, a gente organizava para os grupos chegarem em horários diferentes ou algo assim.

O pior é que o lixão fede demais e não foi nada fácil ficar esperando por lá. A galera teve motivo pra reclamar...

O grupo em que eu, o Cadu, a Blá e o Gera estávamos foi o terceiro. Decidimos que cada grupo que tivesse feito o passeio voltaria para a escola. O Nílson e a Cármen voltaram com os dois primeiros grupos.

O tal João tinha um passeio bem ensaiado. Mostrou tudo rapidinho, destacando o quanto cada tipo de lixo demorava para se degradar e como isso se refletia naquelas montanhas de lixo tudo misturado. Falou do problema do chorume e de como isso contamina o solo e o lençol freático. Coisa que a gente já tinha visto na aula de Ciências, mas que foi legal ver assim ao vivo... Fez a gente entender melhor e pensar melhor também... Ele disse que a prefeitura tem um projeto de construir um aterro sanitário e desativar o lixo, mas não sabe quando. Reservou mais tempo para mostrar o novo projeto que iniciaram com a Cheiro de Mel, o "Meu planeta, minha casa". Acredita?

O Cadu começou a rir quando viu e achei que ele já sabia de alguma coisa. A Blá ficou tão pálida que segurei no braço dela com medo que ela caísse ali no meio do lixão. Havia uns tonéis enormes para separação do lixo reciclável, com a marca da empresa estampada e a frase: "Projeto Meu Planeta, Minha Casa".

O Gera foi esperto, não se deixou abalar:

– E quando surgiu esse projeto?

– Ah, parece que é coisa antiga, mas só foi liberado na prefeitura essa semana. Os tonéis chegaram ontem. Agora o prefeito avisou que vão treinar um pessoal para separar o lixo e vender pra outra cidade pra reciclar.

– Pra qual cidade? – eu quis saber.

– Isso eu não sei, não.

– E quando o pessoal vai ser selecionado e treinado, seu João? – continuou o Gera.

– Acho que é logo, né? Se os tonéis já estão aí... Me avisaram que vão construir um galpão.

A Blá não abriu a boca até sairmos de lá:

– Quer saber? Acho que isso é tudo armação, projeto de fachada! Os caras ficaram sabendo do passeio, compraram os tonéis, estamparam e colocaram ali.

– Olha, Blá... Concordo com você. Nunca vi isso de os tonéis estarem prontos antes mesmo do galpão e não vi qualquer divulgação de seleção de pessoal.

– Sei não, Gera, mas o pessoal pode ser selecionado entre os próprios funcionários da limpeza, não? – eu perguntei.

– Poder pode...

– E o nome do projeto, Juba? É coincidência?

– Não, Blá... Acho que não é.

O Cadu ficou de longe, conversando animado com uma galera, mas com os olhos em nós. De volta à escola, cada um foi pra sua casa para almoçar e ficamos de nos encontrar às três da tarde, em frente à escola. Ainda tínhamos que enfrentar a Cheiro de Mel ao vivo...

O passeio meio micado da manhã parece que desestimulou a galera. Apareceram 87 pessoas, contando com os três professores.

A Blá continuava calada, mas achei que ela estava armando alguma. No caminho até a Cheiro de Mel, ela grudou no Gera e foi aos cochichos com ele...

Todo cuidado é pouco

Preciso admitir que o inimigo está bem preparado. A visita à Cheiro de Mel foi muito organizada. Fomos recepcionados por uma garota bonita e sorridente, relações-públicas da empresa, chamada Amália. Ela fez um *tour* por toda a fábrica. Recebemos equipamento de segurança, conhecemos a área de produção, ouvimos como a Cheiro de Mel trata seus dejetos e se preocupa com a natureza e foi tudo muito chato! Aí a Amália abriu para perguntas:

– Para onde vai o esgoto da Cheiro de Mel? – perguntei.

– Ora, para a rede de esgoto da cidade.

– Todo ele? – insisti.

– Claro. Inclusive, há projetos para ampliar a estrutura de tratamento de esgoto local e a Cheiro de Mel reservará uma verba do orçamento do próximo ano para isso.

– E o projeto "Meu Planeta, Minha Casa", quando surgiu? – perguntou o Gera.

– Bem... Esse projeto é novo e não tenho muitas informações sobre ele. Agora vocês terão uma palestra com nosso diretor de Marketing, o senhor Albuquerque, que falará dos nossos projetos e também da preocupação da Cheiro de

Mel em trazer o desenvolvimento para esta cidade com um mínimo de impacto ambiental.

Seguimos a moça até o auditório da empresa e ficamos lá esperando pelo Albuquerque. Antes de ele chegar, a Amália reapareceu dizendo que o diretor demoraria ainda uns 20 minutos, então seria antecipado nosso lanche. Ela nos levou para o refeitório e foi servido um banquete! Estava na cara que toda a galera estava **adorando o tratamento**.

Acabado o superlanche, voltamos ao auditório onde o Albuquerque já nos esperava. Deu boa tarde a todos e começou uma apresentação *show*. Imagens eram projetadas em um telão, como se fosse um filme, e ele fazia a narração.

Ele explicou a origem da Cheiro de Mel, que nasceu da fusão de outras duas empresas. Disse que a escolha de nossa cidade se deu graças à boa parceria que conseguiram com o prefeito e começou a descrever os projetos sociais e ambientais da indústria. Comentou que eles idealizaram projetos para diversas áreas, mas cada um tem um tempo diferente. Falou do patrocínio à equipe de natação, que deveria ser ampliado para outros esportes. Apresentou as imagens de como as praças irão ficar depois da reforma e, então, entrou no telão o logo do projeto "Meu Planeta, Minha Casa".

Aí eu me **contorci na cadeira**. Ele disse que esse é um projeto totalmente voltado para a área ambiental, com diversas atividades previstas, e que já foi iniciado com a seleção do lixo em nossa cidade. Então abriu para perguntas...

– Que outras atividades estão previstas nesse projeto? – perguntou o Gera.

– As demais ainda são confidenciais, mas logo serão divulgadas para a comunidade.

– E em que estágio está a atividade de coleta seletiva?

– Veja bem, não iremos implementar a coleta seletiva neste primeiro momento. Estávamos em negociação com a prefeitura e acordamos que iremos treinar um pessoal para fazer a seleção do lixo que chega ao lixão. Logo estaremos construindo um galpão no local e já fornecemos os tonéis. A prefeitura se encarrega de treinar o pessoal e vender o material selecionado.

– O dinheiro arrecadado ficará com a prefeitura? – perguntou o Juba.

– Sim.

– E o que vocês ganham com isso? – eu cutuquei.

– Temos a consciência de que a vinda de uma empresa do porte da Cheiro de Mel para uma cidade como esta causa um impacto ambiental considerável. Geramos uma quantidade expressiva de resíduos que podem ser reciclados. Portanto, pensamos em uma solução para minimizar o impacto e ainda ajudar a cidade.

– Mas não seria mais fácil separar esse lixo aqui mesmo e vendê-lo direto a empresas de reciclagem? Por que misturar tudo no lixão e, depois, separar? – continuei no ataque.

– Penso que nossos administradores e técnicos devem ter motivos para estruturar o projeto dessa forma. Sinceramente não tenho detalhes operacionais do projeto, apenas os que dizem respeito ao *marketing* nesse momento. Imagino que dessa maneira a coleta beneficiará o lixo de toda a comunidade, e não apenas o da Cheiro de Mel.

– E há quanto tempo foi criado o projeto "Meu Planeta, Minha Casa?" – perguntou o Nílson.

– Esperava por essa pergunta, professor. O projeto já existe há mais de um ano. Inclusive, quando tomei conhecimento do grupo de vocês, imaginei que alguma informação confidencial poderia ter vazado. Ainda mais a líder do grupo sendo filha de um funcionário nosso, que poderia, de alguma forma, ter acesso a esse tipo de informação.

Quase voei no pescoço dele. **Como podia fazer uma acusação dessas???**

– Por outro lado, poderia ser uma coincidência – continuou – e preferi essa segunda hipótese. Chegamos até a avaliar a mudança do nome do projeto, mas consideramos que o grupo de vocês não tem visibilidade suficiente para causar essa mudança. Mais alguma pergunta?

Para ele não, mas no caminho de volta todo mundo queria saber se eu tinha copiado o nome do projeto deles. **Dá para acreditar???** Foi difícil me controlar... Eu jurei que não e o Nílson colocou ordem na baderna dizendo que acreditava em mim. Fiquei *destruída* o fim de semana inteiro. Só tinha vontade de chorar e não fiz outra coisa...

Como eu poderia **provar que era inocente** nessa história absurda?

Eu dava tuuuudoooo pra estar lá!

O Juba me contou, depois do treino de sábado, o que aconteceu lá na fábrica. Cara, deve ter sido uma adrenalina só!!! Queria ter visto a cena ao vivo! Ele acredita na Blá, mas quem garante que essa menina não soube do nome do projeto pelo pai dela e tentou sair na frente? Eu nem tinha pensado nisso, mas pode ser... Se foi esse o golpe da menina, dançou! Porque a Cheiro de Mel hoje lotou a cidade com cartazes e anúncios nos pontos de ônibus divulgando o projeto "Meu Planeta, Minha Casa".

Depois de toda essa campanha publicitária, quem vai se lembrar que o "Grunhido de dor de barriga" tinha esse nome antes?

Passei o fim de semana em **estado de comemoração**!!! Saí com a galera da natação, fomos ao cinema e depois ficamos até a madrugada **jogando muiiitoooo**! No domingo, acordei supertarde e fiquei o dia inteirinho no computador... Conversando e jogando, aproveitando a vida! Tinha até esquecido o quanto é bom relaxar e curtir...

Hoje escalei quem cuidará de cada barraca na festa junina e coloquei a Blá na barraca do beijo, **só para provocar**.

A menina está tão apática que nem teve reação... Fiquei ali esperando que ela espernasse e nada. Precisei dizer:

– Pô, Blá, é brincadeira! A gente nem tem essa barraca!

Ela continuou sem reação. Aí me enchi e só informei que ela está na barraca de doces, o que a deixa encarregada de encomendar ou comprar os doces com o dinheiro do fundo de formatura. Ela só confirmou com a cabeça, mais nada. Se continuar assim por muito tempo, vou começar a sentir falta de nossas briguinhas... Eu acho...

Por enquanto o melhor é ignorar. Tem gente que não sabe perder. Se eu fosse ela, acabava com esse grupo de resistência idiota e arrumava outra causa pela qual lutar. Sei lá... Formas de levantar mais dinheiro para a formatura, por exemplo. Taí uma boa causa pela qual lutar! E **contaria com meu apoio**... Olha só!

Em minha opinião, nossa cidade está em boas mãos.

Na aula de hoje o Gera nos lembrou que, em agosto, tem a nossa feira de ciências e que nem começamos a pensar nisso e já estamos em junho! Pediu para apresentarmos nossas ideias logo depois da festa junina, para que possamos desenvolvê-las durante as férias. Aí teve aula do Nílson, que, logo depois da chamada, começou:

– Galera, alguém aqui sabia que em 2002 foi publicado um estudo na revista da Academia Nacional de Ciências dos Estados Unidos que afirma que, desde 1999, a economia mundial está absorvendo 120% da capacidade produtiva de nosso planeta?

E aí veio um longo e chato papo sobre os nossos recursos naturais serem utilizados mais rápido do que podem ser renovados...

– Tem coisas muito sérias acontecendo no mundo e precisamos pensar sobre elas, agir em relação a elas... Vocês fazem ideia de que os 7% mais ricos da população do mundo respondem por 50% das emissões dos gases do efeito estufa? Os estadunidenses consomem quase 90 quilos de recursos por dia! Se todos consumissem como eles, tudo o que o planeta produz só daria para atender a um quinto da população mundial! A consciência ambiental vem crescendo, mas falta muito para mudarmos. Vivemos em uma realidade tão facilitada que não paramos pra pensar que a água do banho não nasce no chuveiro ou na caixa-d'água; que o bife ou a batata frita não nascem no mercado nem na lanchonete! Somos os grandes responsáveis por esse impacto no planeta, pelas mudanças na paisagem e no clima, pela deterioração dos bens naturais... Já pensaram no tamanho da marca que cada um de vocês vem deixando aqui na Terra? Anotem aí: www.pegadaecologica.org.br. Quero que vocês entrem nesse *site* e façam o teste que mede esse impacto. Na próxima aula, conversaremos sobre isso.

Tem gente que não desiste mesmo, né? Fica martelando essa ideia batida de que nosso crescimento é inviável, que estamos alterando o clima do planeta e coisas do tipo. Não tem fundamento! Não confiam nos desenvolvimentos científicos... Parece que estão na Idade Média! E esquecem que tem muito cientista que discorda dessa conversa e diz que todas essas mudanças aí são de causas naturais. E aí? Prefiro acreditar nesses caras.

A ciência evoluiu muito e continua evoluindo, sempre buscando formas de garantir a vida humana. Concordo que esse lance de consumir mais do que a Terra produz pode ser perigoso, assusta, coisa e tal, mas com certeza é um problema que vai ser resolvido em tempo.

Acho que o negócio é produzir mais recursos, ajudar a natureza a se recuperar mais rápido, melhorar geneticamente os alimentos e as árvores em geral, tipo os transgênicos... Coisas que a Ciência já está dando conta, não?

Fora tudo isso, esses dados que o Nílson martelou são gerais, antigos e não levam em conta que muito país consome, mas quase não tem recursos naturais, quase não produz nada. O Brasil, por outro lado, ainda tem muito o que explorar, muito o que produzir e muito o que crescer. Não dá pra estacionar porque meia dúzia de malucos tomou o caminho errado, né?

Não sei o que fazer

Tive um fim de semana terrível!!! Meu pai continua em greve de quase silêncio. Tentou descobrir o que rolou na nossa visita na fábrica, mas eu não abri a boca. Não tive ânimo nem coragem de correr o risco de ouvir um **"eu não avisei?"**...

Sábado eu tentei falar com o Juba, mas ele saiu com a lesma do Carlos Eduardo e o resto da turma da natação. Aí decidi aceitar o convite de uma galera do GRMPMC e ir para o cinema. Dei de cara com o pessoal do Juba por lá. Sabe que eu achei que o Juba ficou meio constrangido... Tipo me evitando... Fiquei mal com isso. Tô cansada de me sentir inconveniente...

No domingo me fechei no quarto e fiquei lendo o dia todo. Só saí para comer e usar o banheiro. Nem vi meu pai, acredita?

Antes de eu entrar na aula hoje, o Gera chamou a mim e ao Juba para uma conversa rápida. Ele disse que os exames do laboratório apresentaram sulfetos e óleos na água do Amarelo, em uma concentração bem acima da permitida por lei. Isso só pode ser resíduo da Cheiro de Mel despejado direto no Amarelo... O Gera disse que o caso é para ser notificado à Cetesb e também nos orientou a aproveitar para relatar o que acontece nos fins de semana, para que seja investigado se a Cheiro de Mel emite mais poluentes nesses dias, se está usando os filtros necessários e coisas assim.

O Gera explicou que o caso é sério porque os sulfetos, que são resultantes das tinturas de cabelo, mudam o cheiro da água e deixam resíduos tóxicos que contaminam os peixes. E os óleos não se diluem, ficam na superfície da água e impedem a troca de oxigênio com o ar. Por isso os pescadores estão sentindo uma diminuição no número de peixes do nosso rio.

Sei que se levar essa denúncia adiante, mesmo que com o apoio do Gera e do Nílson, meu pai vai acabar perdendo o emprego. Isso sem falar em como vai ficar o clima entre nós dois... que já está insuportável!

E com a cabeça cheia desse jeito eu vou me ligar em papo de festa junina?

O engraçadinho do Carlos Eduardo tentou me provocar, mas, sinceramente, estou sem ânimo para discussões. Preciso de um tempo para pensar... Só isso...

Achei a aula do Nílson bem pertinente a esse momento. As pessoas precisam entender que as agressões ao meio ambiente atingem a todos. A mudança do clima, a falta de água, o ar poluído, tudo é resultado de ações grandes ou pequenas como as que estão acontecendo aqui na nossa cidade.

Eu preciso conversar com o meu pai e dizer a ele que tenho de fazer alguma coisa para impedir que a Cheiro de Mel mate o Amarelo e polua ainda mais nossa cidade... Mas acho que ele nem vai me ouvir.

As voltas que a vida dá...

Quando as coisas decidem acontecer é tipo tempestade incontrolável, *tsunami* mesmo. É assim que estou me sentindo depois das últimas semanas...

A vida normal fluiu como sempre, com a festa junina, as aulas, os treinos... Mas foi a vida fora do normal que decidiu caprichar nas reviravoltas.

A Blá passou uns dias meio fugindo de mim e eu respeitei. Sabia que ela estava tentando decidir o que fazer. Assim que soubemos do resultado da análise das amostras do Amarelo, eu disse que o certo era denunciarmos a Cheiro de Mel. Até pensei que a Blá fosse comemorar a prova que conseguimos, mas ela ficou triste, preocupada em prejudicar o pai e afastar-se ainda mais dele. Por isso me mantive quieto, esperando que ela resolvesse essa encrenca lá dentro dela...

E esses dias foram estranhamente calmos, tipo um preparativo para a loucura que aconteceria em seguida.

Primeiro, veio uma nova conversa com o Gera e o Nílson. Eles cutucaram a Blá dizendo que não dava para esperar a vida toda, que precisavam fazer algo e, se ela não tinha decidido nada, eles iriam mostrar os laudos para a Cheiro de Mel e pedir que o problema fosse resolvido. Tudo amigavelmente.

A Blá não achava que a situação se resolveria assim, disse que logo apareceria outro problema e defendeu que mesmo os problemas atuais não seriam reconhecidos, como o cheiro forte que saía das chaminés... Ela estava muito abalada com tudo o que aconteceu e falou que achava melhor se retirar do GRMPMC, que não tinha mais condição de liderar nada!

Aí eu me revoltei. Isso não fazia o menor sentido! Se ela saísse do grupo, o pessoal ia perder o interesse e voltar a se preocupar com provas, festas, jogos e coisas assim. Ela era a força que movia toda a galera!

Eu reconheci que a Cheiro de Mel deu um golpe baixo com o programa "Meu planeta, minha casa", mas defendi com força que a gente não podia desistir tão fácil.

Pensando agora, nem sei de onde tirei toda a minha certeza... Foi a primeira vez em que senti a necessidade de assumir um lado e estava muito claro qual lado era esse.

Falei tanto que a Blá pediu mais um dia. Disse que ia arriscar, ia fazer algo e deixou a gente no maior suspense, sem imaginar o que ela aprontaria...

Nem acreditei quando a Blá chegou à escola feliz da vida na manhã seguinte, contando que convenceu o seu Antônio de que a situação era séria. Ela explicou que a conversa foi difícil, mas que o pai não teve como negar o resultado dos exames da água do rio, a Cheiro de Mel estava destruindo algo importante para todos nós. O pai dela acabou até apoiando a gente em nossa decisão de denunciar a poluição do Amarelo... Mesmo que isso significasse ele perder o emprego.

O Gera sabia direitinho como denunciar e fizemos isso ao mesmo tempo que criamos uma campanha de conscientização aqui na escola e na internet, divulgando o que tínhamos comprovado. As pessoas precisavam saber que a Cheiro de Mel não era tão boazinha e responsável quanto tentava demonstrar.

E a campanha teve uma repercussão grande. Muita gente começou a comentar que já havia percebido o rio morrendo, outros passaram a reclamar da poluição do ar, o seu Manuel da cantina falou para todo mundo que achava um absurdo a fábrica ter roubado o nome do grupo criado pela Blá para fazer propaganda... De um jeito rápido, mais e mais pessoas discutiam a realidade que a gente vinha debatendo aqui na escola.

Como a denúncia era séria, logo a fábrica recebeu a visita dos fiscais e uma advertência para resolver o problema de seus dejetos que, na verdade, estavam indo direto para o Amarelo sem qualquer tratamento. Não eram captados pela rede de esgoto, como disseram naquela nossa visita à fábrica. E a fiscalização descobriu também que a empresa não estava usando os filtros de ar obrigatórios e eliminava as partículas diretamente no ar livre. Parece que levou uma multa altíssima, segundo o que nos contou o seu Antônio.

E ele realmente acabou demitido depois dessa confusão. As últimas semanas foram bem difíceis para os dois! Mas o tempo passa e tudo muda... Eu acredito que essa história ainda não chegou ao fim.

A vida se renova

Hoje parei para escrever um artigo para o jornal aqui da faculdade sobre tudo o que aconteceu nesses últimos seis anos na minha cidade. Na verdade, a pauta é um texto sobre um caso concreto de desenvolvimento sustentável. Não dá para falar de outra coisa depois de tudo o que vivi!

Foi sentar em frente ao computador e me vi relembrando a criação do GRMPMC, a nossa luta para conscientizar a escola e toda a comunidade, o Juba sempre dando força, o Cadu sempre arrumando encrenca, o meu pai... Ah, passamos um aperto depois que ele foi demitido da Cheiro de Mel! Me vi rindo ao reler meus manifestos, que ainda guardo com carinho. Como eu era revoltada! Me vi chorando ao encontrar uma carta escrita pelo meu pai... Te amo, pai! Sempre.

Na época a gente não fazia ideia do que tudo aquilo representava. Agora, olhando para trás, eu tenho certeza: valeu a pena! Tudo vale a pena se a alma não é pequena!!! Já dizia o sábio poeta.

A Cheiro de Mel mudou bastante nesse período. Ela ainda está lá, no mesmo lugar, às margens do Amarelo, e cresceu muito, mas de forma sustentável, do jeito que a gente defendia. Hoje produz uma linha de cosméticos orgânicos e meu pai fornece várias ervas para eles! É que, depois de tudo o que aconteceu, meu pai decidiu mudar de vida. Começou uma plantação de orgânicos num terreno que tínhamos e andava largado. Primeiro, fez uma horta para o nosso consumo, aí passou a vender o que sobrava e, quando percebeu, estava produzindo de verdade, de forma profissional. Com o tempo, compramos mais terra e hoje a produção de meu pai é mais concentrada nas ervas mesmo. Capim-santo, lavanda, camomila, alecrim... Adoro passear em meio à plantação. Sempre saio cheirosa e feliz. E, como a vida dá voltas, a Cheiro de Mel é o principal cliente de meu pai... Quem diria?!

E seu Antônio fez mais: há uns três anos ele organizou uma cooperativa de agricultores aqui na região e passou a promover uma feira de orgânicos que atrai gente até das cidades vizinhas... Orgulho da filha, esse pai!!!

Para falar a verdade, a cidade toda cresceu, temos até *shopping* e uma universidade pública – onde, se tudo correr bem, vou me formar em Jornalismo no ano que vem!

E conseguimos tudo isso sem perder nossa área verde, sem respirar um ar podre e sem detonar o Amarelo: além de fornecer peixe até hoje, nosso rio garante parte importante do abastecimento de água potável para nossa cidade.

Mas nem tudo é uma maravilha. Ainda tem muito o que fazer por aqui e pelo mundo. Por exemplo: o lixão continua lá... Do mesmo jeito, sem nenhum projeto de coleta seletiva funcionando! No mês passado, soubemos que uma madeireira vai se instalar por aqui... Prevejo confusão!

O Cadu continua sendo o sujeito do contra até hoje! Ele seguiu a carreira de esportes com que sonhava, faz parte de uma equipe de natação de um grande clube da capital. Vira e mexe ele aparece por aqui e fica repetindo que a gente podia ter crescido muito mais se fôssemos menos conservadores... Na verdade, penso que ele reclama porque gosta de reclamar e, no fundo, adora esse ar de interior que conseguimos preservar. Detalhe: sempre que vem visitar a gente, ele dá um jeito de passar uma tarde mergulhando no Rio Amarelo... Sem comentários!

AMO esse lugar, mas ando pensando bastante se vou ficar por aqui depois de formada. Até acho que sim... Mas antes quero realizar um sonho antigo: aquele de ser uma ativista ecológica! Já fiz os planos direitinho e, assim que acabar a faculdade, vou viajar com uma ONG que admiro demais e da qual sou voluntária há um bom tempo. Vou prestar serviços para eles na área de imprensa, documentando e divulgando todas as ações.

O plano é passar dois anos viajando com eles, aprendendo muito para continuar a transformar o nosso mundo.

E eu não vou sozinha. A viagem já tem data marcada para mim e para o Juba! Eu, na equipe de imprensa, ele, na equipe de biólogos. Parceiros sempre, na vida, na vontade de fazer diferente, no amor.

Combinamos que, depois de nosso período viajando pelo mundo, vamos casar. Isso se não mudarmos de ideia, porque sempre mudamos. Quer dizer, não em relação ao casamento, mas a viajar pelo mundo por somente dois anos... Hummmm! Não dá para adivinhar o futuro, não é mesmo? E, como eu já disse antes: tudo vale a pena!

Bem... Chega de pensar na vida. Preciso me concentrar e escrever esse artigo de uma vez.

Chegamos ao fim? Não sei... Quem sabe aqui não começa uma nova história?

Dados da GEOGRAFIA

O meio ambiente começa aqui! Exatamente com você, que faz parte dele, assim como o lugar em que vive e estuda, as matas, os rios e todos os seres vivos. Estamos ligados ao planeta Terra, nossa vida depende do bem-estar dele. Por isso é tão importante cuidar de nosso mundo.

A água na Terra e seu consumo

TOTAL DE ÁGUA NO MUNDO
- Água doce: 3%
- Oceanos: 97%

ÁGUA DOCE
- Água superficial: 1%
- Águas subterrâneas: 20%
- Calotas polares: 79%

Fonte: Universidade Federal do Amazonas

ÁGUA SUPERFICIAL
- Água acessível para plantas: 1%
- Rios: 1%
- Vapor de água atmosférico: 8%
- Umidade do solo: 38%
- Lagos: 52%

A escassez de água doce no mundo

A distribuição da água no planeta é desigual: só o Brasil concentra 10% de toda a água doce disponível do mundo. Se hoje já não temos água suficiente para todos, no futuro isso tende a se agravar: em 2100 estima-se que haverá 11 bilhões de seres humanos na Terra.

- Pouca ou nenhuma escassez de água
- Próximo da escassez física de água
- Não avaliado
- Escassez econômica de água
- Escassez física de água

Fonte: BBC Brasil.com e ONU

6,4 milhões de toneladas é a estimativa da quantidade de lixo jogado no mar a cada ano

Cerca de 135 mil animais marinhos sofrem o impacto dos resíduos despejados no mar a cada ano

Ilhas de lixo

O problema do lixo foi discutido neste livro e realmente é um dos mais sérios de nosso tempo. Você sabia que existem ilhas de lixo no meio dos oceanos? A maior delas fica no Oceano Pacífico e sua extensão ultrapassa a soma dos territórios de Goiás, Minas Gerais, Rio de Janeiro e São Paulo! Os cientistas a chamam de sopa de plástico, ou o 8º continente.

Fonte: Revista Planeta, edição 427, Projeto Tamar e Sociedade Mundial de Proteção Animal

Os 5 R's

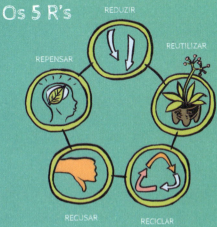

USOS DA ÁGUA NO BRASIL

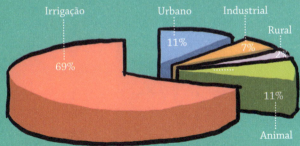

- Irrigação 69%
- Urbano 11%
- Industrial 7%
- Rural 2%
- Animal 11%

Reciclar não é a única solução para resolvermos a questão do lixo. Nem a melhor! Reciclar consome energia também, gera algum tipo de poluição... ou seja: é preciso fazer diferente. Como? Os 5 R's contêm a dica:

• Precisamos **REPENSAR** nossos hábitos de consumo e atitudes, avaliar se não desperdiçamos, se não compramos demais ou por impulso, se fazemos escolhas conscientes, se temos noção do nosso impacto no planeta.

• É necessário **REDUZIR** o consumo em excesso e evitar o desperdício; dessa forma diminuímos a geração de resíduos e o descarte.

• Antes de jogar algo fora, pense se dá para **REUTILIZAR**.

• Caso a única alternativa seja jogar fora, a coleta seletiva é a melhor opção, aí sim é hora de **RECICLAR**.

• E, muito importante: devemos **RECUSAR** tudo o que faz mal ao planeta. Para isso é preciso saber como é produzido o que consumimos e não comprar o que agride a vida.

Pratique o consumo responsável!

Fonte: Ministério do Meio Ambiente e IDEC

Números para pensar

90 milhões de toneladas é a quantidade de poluentes jogados no ar a cada dia em todo o mundo.

1 600 km é a distância que um vento fraco pode carregar a poluição de onde ela foi gerada.

33% é a porcentagem de alimento produzido no mundo que vai para o lixo.

2 400 litros de água é a quantidade necessária para produzir um hambúrguer.

34,7% é a porcentagem da população mundial que não possui água suficiente para o próprio consumo.

Uma em cada sete pessoas no planeta não come o suficiente para ter uma vida saudável. A fome mata mais do que qualquer doença.

Shirley Souza

Nasci e cresci na Grande São Paulo, vivendo em uma cidade com cara de interior, onde só existia um semáforo, que era usado mais pelas carroças e cavalos do que pelos carros... Isso quando ele funcionava! O tempo passou, a cidade cresceu e mudou muito. Também cresci e vim para São Paulo estudar. Eu me formei em Publicidade e Propaganda, trabalhei em agência de publicidade, dei aula, coordenei projetos educacionais e descobri, no meio do caminho, que adorava o universo dos livros: escrever, ilustrar, criar projetos gráficos... Hoje faço isso em tempo integral, trabalhando para diversas editoras e criando várias histórias ao mesmo tempo. Já escrevi mais de quarenta livros infantis e juvenis, em que coloquei muito de verdade e do meu jeito de ver o mundo. E, entre esses meus filhotes, dois receberam prêmios bem legais: o *Rotina (nada normal) de uma adolescente em crise* ganhou o Jóvenes del Mercosur, na Argentina e o *Caminho das Pedras* recebeu o Jabuti aqui no Brasil. Se quiser conhecer mais o que escrevo, visite o meu *site*: <www.shirleysouza.com.br>.

Jan Limpens

Passei a maior parte da minha vida em Viena, Áustria, onde nasci em 1970. Desde criança desenhava muito e queria ser ilustrador de livros. Entrei na universidade e estudei História da Arte por alguns semestres. Nesse período, com o surgimento da internet, comecei a trabalhar com desenvolvimento de *softwares*, mas também como autor, ator e diretor de peças e filmes. Aventurei-me em terras desconhecidas – Índia, China, Paquistão e Oriente Médio (eram outros tempos...). Uma viagem me levou também até o Brasil: conheci minha esposa, anos depois nos casamos, fixamos residência em São Paulo e tivemos dois filhos.

Passei a desenhar quadrinhos e ilustrar livros, revistas e outras publicações nacionais e estrangeiras. Colaborei para a *Folhateen* da *Folha de S.Paulo*, com a tira *El Pablo e El Diablo*. Com meus livros, recebi prêmios nacionais, indicações de instituições como a FNLIJ e participei das seleções brasileiras da Feira de Bolonha.

Em geral, trabalho com técnicas tradicionais: pincéis, penas, tintas e papéis que me permitem mais controle e expressividade do que ocorre quando uso seus análogos digitais. Você pode conhecer melhor sobre os meus trabalhos no *site*: <http://jan.limpens.com/>.

Este livro foi composto com a família tipográfica
Chaparral Pro para a Editora do Brasil em 2017.